dtv

Über 80 Millionen verkaufte Exemplare seiner Werke allein im deutschsprachigen Raum bezeugen die ungebrochene Popularität des erzgebirgischen Autors, der als Schöpfer von Winnetou, Old Shatterhand und Hadschi Halef Omar noch immer Leser aus aller Welt begeistert. Nicht weniger faszinierend ist das Ergebnis eines langjährigen Unterfangens, seinem vieltausendseitigen Gesamtwerk ›Lebensweisheiten‹ zu entlocken, die neben nutzbringenden und überraschenden Einsichten auch eine vergnügliche Lektüre garantieren.

Karl May wurde am 25. Februar 1842 in Ernstthal/Sachsen als Sohn eines armen Webers geboren und starb am 30. März 1912 in Radebeul bei Dresden. Zur Berühmtheit gelangte er als Schriftsteller vor allem durch die ab 1892 erscheinenden Buchausgaben seiner abenteuerlich-exotischen Reiseromane.

Hans-Rüdiger Schwab ist Kulturwissenschaftler, Professor in Münster und hat sich u. a. seit längerem mit dem Phänomen ›Karl May‹ auseinandergesetzt.

Karl May

Vorsicht ist in keiner Lage überflüssig

Lebensweisheiten

Herausgegeben
von
Hans-Rüdiger Schwab

Deutscher Taschenbuch Verlag

Originalausgabe
August 2007
Deutscher Taschenbuch Verlag GmbH & Co. KG,
München
www.dtv.de

Umschlagkonzept: Balk & Brumshagen
Umschlagbild: Gerhard Glück
Gesetzt aus der Bembo 10/12˙
Satz: Karlheinz Hülser, Konstanz
Druck und Bindung: Druckerei C.H. Beck, Nördlingen
Gedruckt auf säurefreiem, chlorfrei gebleichtem Papier
Printed in Germany · ISBN 978-3-423-13588-7

Inhalt

Der Mensch – Wesen und Anspruch

(...) ich aber würde mich freuen, wenn ich von anderer Seite erführe, daß ich nicht der Einzige bin, der daran zweifelt, daß der Mensch seine körperliche und geistige Entwickelung nur allein dem Verdauungskanal zu verdanken habe. *Und Friede auf Erden!, S. 217*

Das Leben des Menschen ist nicht bloß das, als was es von dem Durchschnittsmanne betrachtet wird. Es ist etwas ganz Anderes. Es ist mehr, viel mehr als bloß ein Irgendwoherkommen zu der Erde und dann ein Irgendwohingehen von der Erde! Es hat nämlich einen Zweck!

Im Reiche des silbernen Löwen III, S. 113f

Das Niedrige kämpft gegen das Höhere; der Eine neigt zu diesem und der Andere zu jenem, und nicht etwa das schönklingende Wort, sondern nur das lebendige Beispiel des Edlen kann bewirken, daß die Tiefe nach und nach zur Höhe emporgezogen wird. Ich sage, nach und nach. Denn das Steigen aus dem Tale zur Höhe empor ist nicht so leicht und geht nicht so schnell, wie man es wünschen möchte. Viele, Viele stürzen dabei wieder ab. Ja, es gibt sogar welche, die entweder gar nicht wissen oder gar nicht wissen wollen, daß menschliche Höhen vorhanden sind. *Und Friede auf Erden!, S. 320*

Auswurf der Menschheit und Gottes Ebenbild, welche

Stufen giebt es zwischen dieser Tiefe und dieser Höhe! Welche von ihnen ist's, auf der wir selber stehen?

Am Jenseits, S. 594

Der Gottesfunken ist im Menschen niemals vollständig zu ersticken (...) *Durchs wilde Kurdistan, S. (8) 395*

So soll ein jeder Mensch zugleich auch die Menschheit bedeuten (...) *Winnetou IV, S. 404*

Kein Mensch kann so vortrefflich sein, daß er nur Engel ist. Und kein Mensch kann von Gott so völlig aufgegeben werden, daß man nur noch Teuflisches, nichts Menschliches mehr an ihm findet.

Der 'Mir von Dschinnistan, S. (35) 216

Die Menschen sind allüberall gut, wenn sie sich damit begnügen, nichts weiter sein zu wollen als eben nur – – – gute Menschen! *Und Friede auf Erden!, S. 200*

Es ist eben jeder Mensch gut, wenn er richtig behandelt wird. *Kong-Kheou, das Ehrenwort, S. 769*

Es muß jeder Mensch Etwas sein – was, das bleibt sich gleich, wenn er es nur versteht, seine Stelle brav und ehrlich auszufüllen. *Scepter und Hammer, S. 242*

Aber der Mensch ist leider so inconsequent (...)

Waldröschen oder Die Rächerjagd rund um die Erde, S. 1259

(...) der Mensch ist ja ein Egoist!

Ein Fürst des Schwindels, S. 403

Der Menschheit ist keiner nütze, der immer nur an sich selbst denkt. *Das Geldmännle, S. 638*

Es giebt, Gott sei es geklagt, Menschen, welche nur dem Namen nach Menschen sind (...)

Satan und Ischariot II, S. 274

(...) je tiefer dieser Blick nach innen dringt, desto mehr sieht man ein, daß der Mensch nichts ist, als ein zerbrechliches Gefäß, mit Schwächen, Fehlern und – – Hochmuth gefüllt! *Der Schut, S. 747*

Kann es wirklich solche Menschen geben? Ja, es giebt welche! Sind sie aber dann noch Menschen zu nennen? Allerdings, und gerade weil sie Menschen sind, darf man bis zum letzten Augenblicke nicht an der Möglichkeit der Besserung zweifeln. *Satan und Ischariot III, S. 610*

Jeder Mensch hat seinen Wert. *Der schwarze Mustang, S. 386*

Nicht durch seine äußeren, sondern durch seine innern Eigenschaften wird der Wert eines Menschen bestimmt.

Im Reiche des silbernen Löwen III, S. 480

Es gibt Menschen, die nicht leben, sondern gelebt werden, weil sie erst lernen müssen, was leben heißt.

Der 'Mir von Dschinnistan, S. (34) 761

Man kann körperlich leben und geistig oder seelisch doch gestorben sein. Und wie das Eine möglich ist, so auch das Andere. *Im Reiche des silbernen Löwen III, S. 553*

Der Mensch aber ist, so lange er seinen sich stetig verwandelnden Körper trägt, in keinem Augenblicke er selbst; er ist niemals wahr (...) *Am Jenseits, S. 514*

Daß ich ein Rätsel bin, versteht sich ganz von selbst. Jeder Mensch ist eines. Wer das erkennet, hat schon mit der Lösung begonnen. Die Antwort auf die Menschheitsfrage suchen, heißt leben. Wer da stirbt, ohne gesucht zu haben, der hat nicht gelebt, sondern nur vegetiert und wird Kompost, weiter nichts! *Der 'Mir von Dschinnistan, S. (34) 82*

Es soll vorkommen, daß der Mensch grad dann am klarsten spricht, wenn er sich selbst ein Rätsel ist!

Im Reiche des silbernen Löwen IV, S. 522

Man darf nicht denken, daß man fertig sei, sondern man muß sich üben, immerfort weiterüben.

Im Reiche des silbernen Löwen III, S. 38

Der Kampf des Menschen mit sich selbst ist der schwerste, den es gibt. Er gelingt nur Wenigen, ihn bis zum Ende und siegreich durchzuführen. *Und Friede auf Erden!, S. 468*

Nie bist du edler und tapferer gewesen als in diesem Augenblicke, wo du dich selbst bezwungen hast.

Auf fremden Pfaden, S. 318

Der Mensch ist kein willenloses Stein-, Ziegel- oder Holzgebäude, welches sich gefallen zu lassen hat, wer in ihm wohnt und jeden Winkel für seine besonderen Zwecke auszunutzen trachtet. Wir haben unsern eigenen Willen und sind auch sonst nicht ohne allen Schutz (...)

Und Friede auf Erden!, S. 412

Wo wäre ein Sterblicher, der zu sagen vermöchte, was schon im nächsten Augenblicke mit ihm geschehen kann.

Im Reiche des silbernen Löwen III, S. 328

Der Mensch ist nicht Herr der Ereignisse.

Im Lande des Mahdi II, S. 237

Der Mensch ist zu keiner Stunde seines Lebens sicher (...)

Die Liebe des Ulanen, S. 421

Der Mensch ist schwach; aber mit Gottes Hilfe gelingt ihm oft das Schwierigste. *Im Lande des Mahdi I, S. 297*

Jeder Mensch will glücklich werden; das ist falsch. Jeder Mensch soll glücklich machen; das ist richtig. Weil Jedermann bisher das Glück für sich verlangte, konnte es kein Glück auf Erden geben. *Und Friede auf Erden!, S. 551*

Geist und Seele

Der Geist hat keine Grenzen, hat weder Konturen noch Linien. Der Geist ist keine Figur. Er ist Kraft, Gesetz und Wille. Das aber sind Dinge, die ineinanderfließen, wenn es gilt, eine Wirkung zu erreichen. *Das Geldmännle, S. 633*

Unfreie Geister gibt es nicht. Wer in Fesseln liegt, ist vielleicht eine Intelligenz, doch niemals Geist!

Im Reiche des silbernen Löwen IV, S. 162

Es ist fast unglaublich, welche Macht der Geist über den Körper besitzt. *Von Bagdad nach Stambul, S. (9) 109*

Es ist geradezu wunderbar, mit welchen Kräften der allgütige Schöpfer den Geist des Menschen ausgestattet hat. Im Traum zum Beispiel faßt eine einzige Minute die Ereignisse ganzer Tage und noch viel längerer Zeit zusammen. *Durch das Land der Skipetaren, S. 518*

Der Schlaf bemächtigt sich des Körpers; aber der Geist beschäftigt sich im Traume mit Allem, was man im Wachen fühlt, denkt und thut.

Waldröschen oder Die Rächerjagd rund um die Erde, S. 106

Träume sind Schäume, aber zuweilen spricht Gottes Stimme im Traume zu den Menschen.

Die Liebe des Ulanen, S. 75

Es gibt Situationen, in denen der Geist in einem halben Augenblick Gedanken und Folgerungen bildet, zu denen er sonst Minuten braucht. Das Handeln scheint dann nur ein instinctives zu sein; aber in Wahrheit hat der Geist wirklich seine ordentlichen Schlüsse gebildet, nur daß die Association der Ideen eine blitzartige gewesen ist.

Durch das Land der Skipetaren, S. 385

Man soll nicht nur körperlich, sondern auch geistig sehen und hören lernen! *Im Reiche des silbernen Löwen IV, S. 114*

Der Geist ist allwissend, aber das Auge des Menschen ist schwach; doch wenn der Geist es stärkt, dann werden vor ihm Dinge offenbar, die es sonst nicht zu erblicken vermag. *Scepter und Hammer, S. 3*

Die Psyche ist etwas ganz Anderes, als man denkt, und den Geist kennt man sogar noch weniger als sie.

Und Friede auf Erden!, S. 412

Keine noch so kunstvoll gearbeitete teleskopische Linse wird jemals an Schärfe das Auge der Seele erreichen!

Im Reiche des silbernen Löwen III, S. 318

Das Seelenleben des Menschen ist so reich an geheimnisvollen Gesetzen, Kräften und Erscheinungen, deren Wirkungen wir achtlos an uns vorübergehen lassen (...)

Old Surehand III, S. 111

Es können zwei Seelen nicht, wenn auch noch so kurz,

aneinander vorüberstreifen, ohne aufeinander zu wirken. Und wenn eine Seele die deinige nur einen Augenblick berührt, so wird diese Berührung einen Punkt in deinem innern Leben schaffen, der sich zur für dich vielleicht nicht bemerkbaren Linie weiterbildet. So entstehen Beziehungen, für dich einstweilen geheimnisvolle Fäden, welche dich mit andern unsichtbar aber doch für immer vereinen und als einen nicht zu missenden, sondern notwendigen Teil des Ganzen mit der großen, unendlichen Welt der Seelen verbinden. *Am Jenseits, S. 455*

(...) es giebt keine böse Seele. Die Seele scheut alles Böse, sogar schon alles Häßliche. Das Böse und das Häßliche hat nur darum so große Macht über uns, weil die Seele davon abgestoßen wird. Sie zieht sich zurück; dann stehen wir ohne ihren Schutz allein. Der Mensch soll seine Seele nicht versuchen, sondern alles meiden, was sie, die sich nicht beflecken will, beleidigen muß.

Im Reiche des silbernen Löwen III, S. 325

Wenn der Mensch dürstet, so soll man ihm Wasser geben. Auch die Seele hat ihren Durst.

In den Schluchten des Balkan, S. (12) 210

Stelle etwas Geistiges oder Seelisches an das Licht, um es zu sehen, so wird sich sofort der betreffende Schatten einfinden. Hinter jeder Tugend steht dann das betreffende Laster, welches eine ganz genaue, aber kehrseitige Nachahmung aller ihrer Vorzüge ist.

Im Reiche des silbernen Löwen IV, S. 76

Solange wir unsere gerühmte Psychologie nur theoretisch treiben, sind wir keine Psychologen. Praktisch sein, in das reale Leben greifen, unsere Seele und unsren Geist an uns selbst studieren, sie keinen Augenblick aus den Augen lassen! Alles, was wir fühlen, denken, wollen und tun, auf sie beziehen! Wer das nicht tut, der nenne sich ja nicht Psycholog! *Der 'Mir von Dschinnistan, S. (34) 403*

Wer nicht gelernt hat, die Vorgänge seines innern Lebens ebenso unausgesetzt wie scharf und unbefangen zu beobachten und zu vergleichen, dem wird es allerdings bequemlich sein, sehr vieles, was er nicht zu begreifen versteht, ganz einfach postlagernd nach dem Reiche des Uebersinnlichen zu adressieren, damit er, der physisch gern Bequeme, hinter seinem eigenen Schalter ruhig schlafen könne. *Im Reiche des silbernen Löwen III, S. 461*

Es gibt seelische Feinheiten, zu deren Bezeichnung oder Beschreibung selbst das zarteste Wort noch zu plump sein würde. *Und Friede auf Erden!, S. 393*

Unsere Seele steht mit ganz andern Welten in Verbindung als unser Körper. Und diese Verbindung ist eine so innige, daß ein vernünftiger Mensch über das, was wir »innere Stimmen« nennen, wohl niemals lächeln wird.

Schamah, S. 136

Ahnungen sind innere Stimmen, auf die ich immer achte.

Old Surehand III, S. 471

Es giebt Empfindungen, für welche die Sprache keine Worte hat. Es kommen uns Ahnungen, die wir uns nicht einmal in Gedanken deuten, noch viel weniger aber in hörbare Laute kleiden können.

Im Reiche des silbernen Löwen III, S. 622

Es giebt Dinge, die man nicht genau vorher wissen kann, aber um so bestimmter vorher fühlt.

Old Surehand III, S. 273

(...) es giebt Vermutungen, die schon durch den Umstand, daß sie einem überhaupt kommen können, bestätigt werden! *Im Reiche des silbernen Löwen IV, S. 132f.*

Es gibt Ahnungen, denen man es anmerkt, daß sie sich erfüllen müssen. *In den Schluchten des Balkan, S. (14) 231*

Der Mensch soll sich nicht von Ahnungen beherrschen lassen. *Waldröschen oder Die Rächerjagd rund um die Erde, S. 35*

Nachsicht miteinander!

Sind wir Menschen nicht unendlich verschieden begabt? Der Eine sieht, hört, riecht, fühlt oder schmeckt etwas, wofür der Andere nicht einen einzigen Empfänglichkeitsnerven besitzt. Und diesem Andern werden dafür viel tiefere und verborgenere Dinge offenbar, welche der Vorige für unbegreiflich hält. Ich bin nicht wie du, und du bist nicht wie ich; aber indem wir uns gegenseitig vertrauen und ergänzen, können wir uns zu einer Persönlichkeit vereinigen, welcher zu erreichen möglich ist, was wir vereinzelt nie erreichen würden.

Im Reiche des silbernen Löwen IV, S. 215

Es denkt und fühlt ja nicht der eine wie der Andere.

Der verlorene Sohn oder der Fürst des Elends V, S. 2231

Der eine beschimpft, was dem andern heilig ist. Es giebt kein Ideal, welches nicht von feindlicher Seite mit Schmutz beworfen würde.

Im Reiche des silbernen Löwen III, S. 466

Nur ein Kranker kann glauben, das, was ihm heilig ist, durch die Vernichtung dessen, was andern heilig ist, zu fördern! *Und Friede auf Erden!, S. 273*

Die Ansichten über Verstand und Anständigkeit sind sehr verschieden (...) *Am Rio de la Plata, S. 489*

Der Geschmack der Menschenkinder ist verschieden. Ein altes Wort sagt, der Eine habe ihn vorn, der Andere hinten (...)

Winnetou I, S. 156

(...) es hat ein Jeder sein Feld, welches er am Liebsten bearbeitet.

Der verlorene Sohn oder der Fürst des Elends V, S. 1750

Jeder Mensch hat seine eigene Art und Weise und ist nach derselben zu nehmen (...)

Im Lande des Mahdi II, S. 440

Menschlich ist derjenige, welcher seinen Nächsten eben als Mensch behandelt, und das thue ich allerdings. Das heißt: einen guten Menschen behandle ich gut und einen schlechten schlecht.

Satan und Ischariot I, S. 483

Jeder Mensch hat seine Eigenheiten. Verzeihen Sie mir die meinigen.

Der Weg zum Glück, S. 2154

Wer ein Mensch ist, und das sind wir ja alle, dem darf Menschliches passieren.

Satan und Ischarioth I, S. 64

Der beste Mensch hat seine Schwächen!

Im Lande des Mahdi II, S. 501

Ja, ein jeder Mensch hat seine Mucken.

Die Liebe des Ulanen, S. 1505

Wünsche hat man immer.

Der verlorene Sohn oder Der Fürst des Elends V, S. 2038

Der Mensch hat nicht stets das zu wollen, was gerade ihm beliebt, denn Jeder ist auf Andere angewiesen.

Und Friede auf Erden!, S. 223

(...) es ist kein Geschöpf Gottes, am allerwenigsten aber kein Mensch so schwach, gering und klein, daß man seine Liebe von sich weisen darf. *Satan und Ischariot II, S. 474*

Je mehr Du Liebe spendest, desto größer kommt sie zu Dir zurück! *Der 'Mir von Dschinnistan, S. (35) 332*

Durch Verstand und Liebe gut zu machen, was Unverstand und Haß verschuldet hat, dazu bedarf es nur des guten Willens (...) *Der 'Mir von Dschinnistan, S. (34) 521*

Ist es etwa ein Verdienst, diejenigen, welche dich lieben, wieder zu lieben? Das ist nicht Liebe, sondern Selbstsucht von dir. Nur wer gelernt hat, zu verzeihen, kann richtig und kann wirklich lieben (...)

Im Lande des Mahdi III, S. 332

Wie leicht ist es doch, gut und freundlich zu sein; wie schwer fällt das manchen Menschen, und wie noch mehr andere haben kein Geschick dazu!

Und Friede auf Erden!, S. 165f.

Nie soll die Menschenliebe zur Herzensschwäche werden. Je edler der Mensch denkt, desto unerbittlicher sei er gegen alles Schädliche und Gemeine.

Der 'Mir von Dschinnistan, S. (35) 895

Gute Menschen verzeihen; was die Andern tun, kommt nicht in Betracht. *Im Reiche des silbernen Löwen IV, S. 499*

Die rohe Kraft ist, außer wenn sie von Kopf und Herz geleitet wird, nicht eine Stärke, sondern eine Schwäche des Menschen. *Der 'Mir von Dschinnistan, S. (34) 682*

Es giebt Dinge, auf welche man nur mit der Faust antwortet! *Satan und Ischariot III, S. 531*

Es ist immer besser, man weiß, daß man Feinde hat, als man ahnt es nicht.

Der verlorene Sohn oder der Fürst des Elends III, S. 1257

Es ist niemals rätlich, der Feind, sondern immer gut, der Freund eines Riesen zu sein! *Und Friede auf Erden!, S. 614f.*

»Ein kluger Mann macht sich seinen Feind zum Freunde!«
»Wenn der Feind damit einverstanden ist!«

In den Cordilleren, S. 385

Der Feind wird nicht so schnell zum Freunde!

Old Surehand III, S. 120

(...) man kann auch einen Feind achten (...)

Winnetou I, S. 318

Habt Ihr noch nichts gehört von der guten Regel, daß man dem Feinde unter Umständen goldene Brücken bauen muß? *Winnetou III, S. 48*

Einen gefallenen Gegner aber, welcher sein Unglück mit Würde trägt, muß man achten.

Die Liebe des Ulanen, S. 1699

Man erfährt sehr oft, daß, was dem einen trotz aller Mühe nicht gelingt, dem andern gleich beim ersten Versuche in die Hände läuft. *In den Cordilleren, S. 271*

Der klügste Mann begeht zuweilen eine Dummheit (...)

Old Surehand III, S. 177

(...) mancher hat eine Dummheit begangen, indem er es gut meinte. *Im Lande des Mahdi I, S. 420*

Ein weiser Mann ist stets darauf bedacht, die Fehler Anderer gut zu machen. *Von Bagdad nach Stambul, S. (9) 375*

(...) jeder Mensch, selbst der allerdümmste, ist zu etwas nütze! *Die Sklavenkarawane, S. 537*

Sagt einem zehnmal, daß er dumm sei, er glaubt es dennoch nicht. *Winnetou II, S. 222*

(...) das ist doch eben das Unglück, daß jeder Verrückte denkt, er sei bei Sinnen! *Ein Fürst-Marschall als Bäcker, S. 27*

Selbsterkenntnis, Menschenkunde

Man muß sich genau kennen, und diese Selbstkenntnis ist freilich nicht leicht zu erlangen; man erwirbt sie durch den Kampf mit widerwärtigen Verhältnissen, mit feindlichen Personen und – und das nicht zum wenigsten – im Kampfe mit sich selbst. Je kaltblütiger man sich dabei verhält, desto leichter und schneller wird man Sieger und desto sicherer gelangt man zur Erkenntnis seiner selbst. Hat man diese aber einmal erworben, so kann man seine eigene Kraft getrost mit den Kräften anderer vergleichen und dann nach dem Ergebnisse dieser Vergleichung handeln. Wer beim berechtigten selbstbewußten Worte eines andern die Nase rümpft und von Hochmut spricht, der kennt den hohen Wert des Selbstvertrauens nicht, weil er selbst kein wahres Vertrauen zu sich hat (…)

Im Reiche des silbernen Löwen I, S. 597f.

(..) wenn ein Mensch sich selbst verachten muß, so ist dies das allerschlimmste, was ihm im Leben geschehen kann.

Im Reiche des silbernen Löwen III, S. 375

Wenn man die Achtung verliert, kehrt sie nie so schnell zurück, wie sie gegangen ist.

Der 'Mir von Dschinnistan, S. (35) 666

Ich pflege mein Urtheil nicht nach der Meinung anderer

Leute einzurichten. Ich habe meine eigenen Augen und Ohren. *Der Schut, S. 607*

(...) wenn böse Menschen über einen andern bös reden, so ist er gewiß gut, und wenn sie sich gar vor ihm fürchten, so muß er doppelt gut sein.

Im Lande des Mahdi I, S. 590

Dem Ursprunge und der Verbreitung eines Gerüchtes läßt sich gewöhnlich nur schwer nachforschen.

Scepter und Hammer, S. 114

Wer einen Andern beurtheilt, ohne ihn vorher kennen gelernt zu haben, der wird sich sehr viel irren, und vom Irrthum ist oft nur ein kleiner Schritt zur Demüthigung.

Von Bagdad nach Stambul, S. (9) 379

(...) ich meine, daß man jedermann nach den Verhältnissen beurteilen soll, die ihn erzogen haben und ihn noch jetzt beherrschen. *Im Reiche des silbernen Löwen II, S. 478*

Und doch kommt oft sehr viel darauf an, welchen Eindruck man gleich im ersten Augenblicke macht.

Satan und Ischariot I, S. 241

Es gibt Menschen, welche gleich im ersten Augenblick der Begegnung, noch ehe sie ein Wort gesprochen haben, einen tiefen, unauslöschlichen Eindruck auf uns machen. Ohne daß eine solche Person sich freundlich oder feindselig verhalten hat oder verhalten konnte, weil man sie eben zum erstenmal sieht, fühlt man sogleich und deutlich, ob man sie hassen oder lieben werde.

Der Oelprinz, S. 312

Es gibt Menschen, denen man es sofort ansieht, was man von ihnen zu halten hat.

In den Schluchten des Balkan, S. (14) 138

»(...) weißt Du, welche Spuren die sichersten sind?«
»Welche?«
»Diejenigen, welche man in dem Angesichte eines Menschen findet.« *Durchs wilde Kurdistan, S. (7) 806*

(...) des Menschen Angesicht ist wie die Oberfläche des Wassers. Das eine Wasser ist rein, hell und klar, und seinem leuchtenden Spiegel vertraut sich der Badende gern an. Das andere Wasser aber ist finster, dick und schmutzig; wer es erblickt, der ahnt Gefahr und geht eiligst vorüber.

In den Schluchten des Balkan, S. (11) 790

Die Eigenschaften eines Menschen sind ihm an die Stirn geschrieben; man liest sie aus jedem Blicke seines Auges, und man vernimmt sie aus jedem Worte seiner Rede. Verstehst Du das, und weißt Du, wen Du vor Dir hast, so wird es Dir nicht schwer, ihm ein Schicksal zu verkünden, welches sicher eintreffen muß.

Scepter und Hammer, S. 98

Es giebt menschliche Gesichter, welche mit gewissen Tiertypen eine täuschende Aehnlichkeit haben: der Betreffende besitzt dann gewöhnlich die hervorragenden Eigenschaften des bezüglichen Tieres.

Im Lande des Mahdi II, S. 461

(...) doch Kleider sind zuweilen nicht maßgebend, und es mag ja auch einmal vorkommen, dass ein Mann mit einem Diebesgesicht noch nicht gestohlen hat.

Satan und Ischariot I, S. 116

Es kommt zuweilen vor, daß der Name eines Menschen bezeichnend für den Charakter desselben ist.

Am Rio de la Plata, S. 6

Es ist ja überhaupt keine Frage, daß originelle Charaktere stets und überall einen tiefern Eindruck machen als gewöhnliche Dutzendmenschen.

Im Lande des Mahdi III, S. 255

Durchschnittlich ist es besser, man wird für dümmer gehalten als man ist. Es schmeichelt zwar der Selbstliebe nicht, aber es bringt reichliche Zinsen.

Die Liebe des Ulanen, S. 373

Leute, welche sich kennen und durchschauen, dürfen nicht Komödie mit einander spielen.

Der verlorene Sohn oder Der Fürst des Elends I, S. 269

Kennt man sich genau, so weiß man auch, wie man sich am Besten nützen kann. *Die Liebe des Ulanen, S. 1604*

»(...) wißt Ihr, auf welche Weise man am besten erraten kann, was ein Mensch thun wird?«
»Nun?«
»Wenn man sich recht lebhaft in die Lage versetzt, in welcher er sich befindet, und dabei seinen Charakter mit in Rechnung zieht.« *Winnetou III, S. 340*

Nicht jeder Mensch ist das, was er zu sein scheint.
Der Weg zum Glück, S. 1650

Ein ewig lächelndes Gesicht ist ein falsches, ein heimtükkisches Gesicht. *Orangen und Datteln, S. 172*

Es ist gar mancher äußerlich ein Ehrenmann, im Stillen aber ein Schelm. *Am Rio de la Plata, S. 656*

Wer seine Situation erkennen und die Verhältnisse beherrschen will, muß vor allen Dingen wissen, welche Ansicht man von ihm hegt. *Am Rio de la Plata, S. 487*

Man spricht von mir. So lange man mich aber nicht begreift, muß es mir gleichgültig sein, was man redet. Wenn man mich falsch versteht, spricht man von einem Falschen, doch aber nicht von mir.
Im Reiche des silbernen Löwen IV, S. 69f.

(...) »Man« ist niemand. *Fürst und Leiermann, S. 83*

Du kannst dich nur auf dich selbst verlassen. Du hast alleinzustehn, ganz, ganz allein, in allertiefster Seeleneinsamkeit, fest, stark, unerschütterlich – – – vollständig gleichgültig gegen jeden Schmutz, mit dem man nach dir wirft, gegen jede Niedertracht und Tücke, die aus vollen Nüstern dir entgegenschnaubt.

Im Reiche des silbernen Löwen IV, S. 184f.

(...) man darf sich nie vollständig auf andere verlassen.

In den Cordilleren, S. 368

Ich traue nur dem, den ich vollständig kenne (...)

Im Lande des Mahdi II, S. 111

(...) es gibt leider, leider Menschen, denen es ohne handgreifliche Beweise unmöglich ist, zu glauben und zu vertrauen.

Der 'Mir von Dschinnistan, S. (35) 780

Denken, Reden, Handeln

(...) weißt Du nicht, daß der Geist des Menschen von Gott stammt und wieder zu Gott geht? Der Mensch ist ein Kind Allahs, und Vieles, was der Vater weiß, theilt er dem Sohne mit; von der Allwissenheit Allahs fiel ein Strahl hernieder auf das Geschlecht der Menschen und dieser Strahl wird Verstand genannt. Den Einen traf er viel und den Andern wenig, darum sieht der Eine, was der Andere nicht bemerkt. *Scepter und Hammer, S. 451*

Der Mensch ist ein vorzugsweise denkendes Geschöpf; lassen sie uns also denken, da wir Menschen sind.

Das Vermächtnis des Inka, S. 27

Wissen Sie, was ein Gedanke ist? Wissen Sie, daß er ewig ist, daß er nie verschwinden kann, sondern sich von Geschlecht zu Geschlecht, von Kopf zu Kopf immer weiter entwickelt, immer klarer, immer wahrer, immer mächtiger wird, bis endlich seine Zeit kommt, in der ihm niemand widerstehen kann? *Und Friede auf Erden!, S. 440*

Die Gedanken kommen nicht in der Weise und in der Masse wie die Mücken aus der Pfütze. Man muß die Dinge auf sich wirken lassen, sonst kann man sie nicht durchschauen und ergründen.

Der 'Mir von Dschinnistan, S. (35) 704f.

(…) aber es giebt doch zwischen Himmel und Erde Dinge, die man nicht verstehen kann (…)

Der beiden Quitzows letzte Fahrten, S. 295

Es gibt Leute, welche behaupten, daß die Phantasie hellere und schärfere Augen habe als der alterssichtig gewordene Verstand. *Und Friede auf Erden!, S. 16*

Sinnen und Ueberlegen bringt gute Gedanken.

Satan und Ischariot II, S. 507

Wer folgerichtig zu denken und einen Punkt aus dem anderen zu entwickeln versteht, vor dessen Auge liegt schnell manches klar, was andere nur verspätet oder wohl gar nicht erfahren. *Im Reiche des silbernen Löwen II, S. 512*

Der Kopf arbeitet bei dem einen ganz naturgemäß schneller als bei dem andern, woraus die komische Situation erfolgen kann, daß dieser andere dem einen allzu große Phantasie und dieser eine dem andern allzu große Denkfaulheit vorwirft. *Satan und Ischariot I, S. 124f.*

Was helfen noch so viele Arme, wenn die Köpfe, zu denen dieselben gehören, nicht gelernt haben, nachzudenken! *Die Sklavenkarawane, S. 645*

Aber nicht bloß das Denkvermögen, sondern auch das Gefühl hat seine Erwägungen, wenn man die logische Folgerichtigkeit derselben auch nicht so deutlich nachzuweisen vermag. *Im Reiche des silbernen Löwen IV, S. 55*

Aber das Herz ist etwas anderes als der Kopf. Mag mein Herz mit einem noch so großen Leide beschäftigt sein, sobald es notwenig ist, daß der Kopf in seine Rechte tritt, so muß das erstere einstweilen schweigen.

In den Cordilleren, S. 167

Das Herz ist ein unberechenbares Ding. Es will sehr oft, was der Kopf nicht will (...)

Deutsche Herzen, deutsche Helden, S. 463

Es ist beinahe so, wie ein berühmter Arzt gesagt hat: »Das Herz ist der allerdümmste Muskel im menschlichen Körper!« *Deutsche Herzen, deutsche Helden, S. 489*

Im menschlichen Herzen liegen tiefe Räthsel vergraben. Wer vermag sie zu lösen? *Der Weg zum Glück, S. 153*

Ja, es gehen im menschlichen Herzen Veränderungen vor, von denen man sich keine Rechenschaft zu geben vermag.

Deutsche Herzen, deutsche Helden, S. 2377

(...) es kommt selbst dem härtesten Menschen einmal eine weiche Stunde (...) *Am Rio de la Plata, S. 628*

(...) wenn man eine Last auf dem Herzen hat, kann man sich ihrer nicht dadurch entledigen, daß man sie still mit sich herumschleppt und sie keinem teilnehmenden Herzen anvertraut! *Am Rio de la Plata, S. 629*

Die Thränen sind ein heilsames Wasser – – – wenn sie rinnen können (...) *Im Lande des Mahdi III, S. 268*

Thränen sind eine große Wohlthat, aber unnütze Thränen soll man nicht vergießen (...) *Der Weg zum Glück, S. 640*

Alle Menschen sind dem Irrthum unterworfen (...)
Der verlorene Sohn oder der Fürst des Elends IV, S. 1548

(...) wer mit Liebe und mit Eifer sucht, der muß die Wahrheit finden. *Und Friede auf Erden!, S. 177*

»Du glaubst ja selbst der Wahrheit nicht, daß sie wahr ist!«
»Wenn sie erst verlangt, daß ich ihr glauben soll, so ist sie eben nicht wahr!« *Durch das Land der Skipetaren, S. 420*

Es gibt Wahrheiten, welche sich später als Märchen herausstellen, und Märchen, in denen die heiligsten, die untrüglichsten Wahrheiten verborgen liegen.
Und Friede auf Erden!, S. 433

Was thue ich mit einer Wahrscheinlichkeit? Gewißheit will ich haben. *Die Liebe des Ulanen, S. 599*

(...) doch zwischen Meinung und Sicherheit ist aan gewalt'ger Unterschied. *Der Giftheiner, S. 701*

Wenn ich einmal nach reiflicher Ueberlegung eine Meinung gefaßt habe, so pflege ich dieselbe, selbst wenn es scheint, daß ich unrecht habe, wenigstens im stillen so lange festzuhalten, bis ich vollständig vom Gegenteile überzeugt worden bin. *Satan und Ischariot II, S. 281*

Man kann seine Meinung sehr wohl für sich haben; aber es ist keineswegs geraten, sie anderen aufzudrängen.
In den Cordilleren, S. 39

Die Vermuthung führt oft irr'; der Beweis, das ist die Hauptsach'! *Im Sonnenthau, S. 7*

Der Mensch ist ja gewöhnt, nur das zu glauben, was er mit seinen körperlichen Augen sieht.
Im Reiche des silbernen Löwen IV, S. 541

Der Mensch ist stets geneigt, gern nur dem gegenwärtigen Augenblick zu glauben. *Die Liebe des Ulanen, S. 1410*

Man darf nie denken, wie es sein könnte, sondern wie es ist. *Deutsche Herzen, deutsche Helden, S. 2607*

Man muß alle Umstände in Betracht ziehen.
Im Lande des Mahdi I, S. 516

Aber das Wissen genügt nicht; man muß auch zu handeln verstehen. *Satan und Ischariot I, S. 349*

Ich pflege in so wichtigen Momenten mit Ueberlegung zu handeln und die Folgen dessen, was ich thue, zu berechnen. *Im Lande des Mahdi I, S. 473*

(...) erst überlegen, dann beschließen und nachher handeln! *Im Lande des Mahdi III, S. 309*

Man kann durch zögerndes Ueberlegen weiter kommen als durch übermäßige Eile. *Und Friede auf Erden!, S. 69*

Man soll erst denken und dann sprechen (...)
Old Surehand III, S. 13

Man soll zwar rasch denken, aber nicht zu schnell sprechen (...) *Im Reiche des silbernen Löwen III, S. 137f.*

(...) es ist sehr vortheilhaft, langsam zu sprechen, denn nur auf diese Weise vermeidet man es, Dinge zu sagen, welche man nicht überlegt hat! *Von Bagdad nach Stambul, S. (9) 379*

»Weißt du, wie man es machen muß, um niemals unrecht zu haben?«
»*Yes*; ist sehr leicht.«
»Nun, wie?«
»Man muß gar nichts behaupten.«
»Auch richtig; aber das meine ich nicht. Man darf nicht eher etwas sagen, als bis man gewiß weiß, daß es richtig ist.« *Der Oelprinz, S. 142*

Man soll sprechen, wenn es notwendig ist, sonst nicht.
»Weihnacht!«, S. 205

Selbstverständliches sagt man nicht.
Und Friede auf Erden!, S. 268

Wozu über etwas Worte machen, was man durch sie doch nicht ändern kann! *Im Reiche des silbernen Löwen III, S. 117*

Das waren die richtigen Leute. Nicht sprechen und viele Worte machen, aber bereit zur Tat. *Winnetou II, S. 104*

Es kommt sehr viel auf den Ton an, in welchem man spricht. *Durch das Land der Skipetaren, S. 274*

Du scheinst zu glauben, daß man den Mund nur zum Sprechen bekommen hat; ein kluger Mann aber weiß ihn auch zum Schweigen zu gebrauchen.

Satan und Ischariot I, S. 451

Schweigen ist Gold; Reden ist Silber, oft auch bloß nur Eisenblech. *Im Reiche des silbernen Löwen I, S. 474*

Schweigen ist die beste Tugend. *In den Cordilleren, S. 32*

(...) es giebt Dinge, welche man nicht unbesprochen liegen lassen kann. *Die Liebe des Ulanen, S. 44f.*

(...) es giebt Dinge, welche man kaum sich selbst eingesteht, viel weniger aber sie einem Anderen mittheilt.

Deutsche Herzen, deutsche Helden, S. 2555

Es giebt Dinge, über welche man nur mit sich selbst fertig zu werden hat. *Im Reiche des silbernen Löwen III, S. 431*

Die wahre Trauer liebt die Worte nicht!

Winnetou III, S. 404

Das Wort hat dann nur Wert, wenn es sich zur Tat gestaltet. *Im Reiche des silbernen Löwen IV, S. 191*

Nicht das Wort, sondern das lebendige Beispiel wirkt und erhebt. *Und Friede auf Erden!, S. 324*

(...) wer nicht tut, was er sagt, den muß man verachten.

Winnetou I, S. 305

Nur die Tat beweist (...) *Und Friede auf Erden!, S. 609*

Wie man etwas thut, das ist oft wichtiger, als daß man es thut! *Im Reiche des silbernen Löwen III, S. 120*

Man thut, was klug ist. *Satan und Ischariot III, S. 242*

Wer zu schnell handelt, handelt langsam.

Durch die Wüste, S. 346

Was man thut, das soll man ganz und richtig thun.

Im Lande des Mahdi II, S. 333

Ein Versuch ist noch nicht die vollendete That; man kann dann immer noch thun, was man will.

Satan und Ischariot I, S. 488

Es ist immer und auf alle Fälle besser, wenn das geschieht, was besser ist. *Auf fremden Pfaden, S. 539*

Der Mensch darf alles, was ihn zum guten Ziele führt. *Winnetou II, S. 42*

Man soll das Gute stets durchsetzen, mag es wehetun oder nicht. *Der 'Mir von Dschinnistan, S. (35) 667*

(...) wenn es sich um ein gutes Werk handelt, soll man keine Minute verlieren. *Der verlorene Sohn oder der Fürst des Elends IV, S. 1480*

(...) ich bin niemals ein Mensch gewesen, der um des Lobes willen etwas tut. *Winnetou I, S. 58*

Ich mache mein Verhalten nie vom Glücke, sondern nur von meiner Pflicht abhängig. Wer seiner Pflicht untreu wird, hat von mir weder Achtung noch Rücksicht zu erwarten. *Am Rio de la Plata, S. 675*

(...) für die Erfüllung einer Pflicht hat niemand Dank zu fordern. *Orangen und Datteln, S. 476*

Man soll nichts sagen oder thun, von dem man vorher überzeugt ist, daß es vergeblich sein wird (...) *Der Schut/Anhang, S. 583*

Es kommt bei allem, was man thut, darauf an, wie man es anfängt, und neben diesem Umstande hat jeder Mensch auch das Recht, sich ein wenig auf sein Glück zu verlassen. *Satan und Ischariot I, S. 450*

(...) die Augen muß man offen haben (...)

»Weihnacht!«, S. 304

Es ist nicht genug, daß man scharfe Augen besitzt, sie müssen auch geübt sein (...) *Winnetou I, S. 193*

Man soll nicht allein Augen, sondern auch Gedanken haben! *Mutterliebe I, S. 231*

Ich bin gewohnt, Alles zu beobachten und meine Schlüsse daraus zu ziehen. *Durch das Land der Skipetaren, S. 421*

(...) mancher hat zwee Ohre, ohne daß er höre will, was er höre soll. *Der schwarze Mustang, S. 253*

(...) es ist meine Angewohnheit, mit dem, was ich selbst und allein thun kann, keinen andern zu belästigen.

Im Reiche des silbernen Löwen I, S. 63

Denke ja nicht, daß Du alles selbst wissen, selbst können und selbst tun mußt! *Der 'Mir von Dschinnistan, S. (35) 812*

Wer sich für mehr ausgibt, als er ist und kann, dem schwindet der Boden unter den Füßen weg (...)

Der 'Mir von Dschinnistan, S. (35) 892

Wahrheit und Lüge

Ehrlichkeit, nur Ehrlichkeit! Gegen sich selbst und gegen Andere! *Und Friede auf Erden!, S. 366*

Ich werde keinem Menschen trauen, der mich nicht aufrichtig und grad ansehen kann (...) *Der Oelprinz, S. 213*

Ein ehrlicher Mann kann nicht der Freund eines Unehrlichen sein. *Durch die Wüste, S. 362*

Man kommt mit der Ehrlichkeit immer noch weiter als mit der Flunkerei. *Fürst und Reitknecht, S. 172*

Man muß euch zeigen, daß der Unehrliche stets dem Ehrlichen unterliegt. *Der Oelprinz, S. 381*

Es drängt jede Lüge mit Gewalt nach der Wahrheit zurück. *Abdahn Effendi, S. F 19b*

(...) Winnetou ist gewöhnt, stets die Wahrheit zu sagen, auch wenn sie keine frohe ist. *Winnetou I, S. 363*

Wie jede Lüge abstoßender wirkt als selbst eine häßliche Wahrheit, so erscheint ganz besonders auch ein vorgelogenes oder vorgetäuschtes Leben widerlicher als die zwar grausame, aber natürliche Wahrheit des Todes.

Der 'Mir von Dschinnistan, S. (35) 778

Die Lüge, auch die Notlüge, ist eine Mörderin. Sie tötet die Selbstachtung. Und geradezu fürchterlich ist es, daß der Lügner gar nicht bemerkt, daß er diesen Selbstmord fortgesetzt an sich begeht.

Im Reiche des silbernen Löwen III, S. 439

Man nennt die Lüge einen häßlichen Schandfleck an dem Menschen; aber sie ist noch mehr: Sie ist die Mutter aller Uebel, die es giebt. Es giebt wohl keine Missethat, welche nicht durch die Lüge vorbereitet oder wenigstens begleitet wird. *Im Reiche des silbernen Löwen III, S. 441*

Wer einmal lügt, der lügt auch zum zweiten Male.

In den Schluchten des Balkan, S. (14) 197

Es giebt keine Not, welche die Lüge rechtfertigt, denn die Lüge ist die größte und entsetzlichste Not, an der die Menschen leiden! *Im Reiche des silbernen Löwen III, S. 376*

Darf man sich fürchten, die Wahrheit zu sagen?

Durch die Wüste, S. 382

»Man darf die Wahrheit sagen.«
»Wenn sie nicht beleidigend ist, im anderen Falle verschweigt man sie und wäre es auch nur aus reiner Höflichkeit.« *Die Liebe des Ulanen, S. 1303*

(...) der Mensch darf nicht nur ehrlich sein, sondern er muß auch klug sein. *Im Lande des Mahdi II, S. 532*

Eine Unwahrheit ist wohl ein geringeres Verbrechen als eine Aufrichtigkeit, durch welche man nicht nur zum Selbstmörder wird, sondern auch das Wohl oder gar das Leben Anderer auf das Spiel setzt.

Im Lande des Mahdi II, S. 364

Jeder Mensch findet einen Grund, das Gift, welches er für nötig hält, zu verteidigen!

Der 'Mir von Dschinnistan, S. (34) 564

Bei mir pflegt das Wort zu gelten, grad so wie ein Schwur.

Winnetou I, S. 131

Der Schwur ist ein Schloß vor dem Munde; aber jedes Schloß ist zu öffnen. *Im Lande des Mahdi I, S. 426*

Wort muß man halten! *Winnetou IV, S. 313*

Ein Versprechen, welches ein Unrecht enthält, darf man nicht halten. *Am Rio de la Plata, S. 370*

Versprechen und Halten ist Zweierlei.

Der verlorene Sohn oder der Fürst des Elends V, S. 2336

(...) der Verräther ist schlimmer als der Thäter.

Durch das Land der Skipetaren, S. 422

Gut und Böse, Schuld und Sühne

Der Mensch ist kein Sklave, sondern ein freier Herr. Er kann zwischen gut und bös, zwischen falsch und richtig wählen. Die Folgen fallen dann auf ihn.

Der 'Mir von Dschinnistan, S. (34) 766

Wer ein gutes Gewissen hat, kann fest auftreten.

Das Vermächtnis des Inka, S. 32

Wer ein böses Gewissen hat, ist aller Augenblicke für den Schreck zugänglich.

Der verlorene Sohn oder der Fürst des Elends V, S. 1897

Das Gesetz der Wildnis aber heißt ›Gleiches mit Gleichem‹.

Satan und Ischariot III, S. 568

Die Rache ist das Verächtlichste, was ich kenne.

Der Weg zum Glück, S. 636

Nimmt der Mensch die Rache in die Hand, so trifft er stets niemand, als den eigenen Bruder.

Merhameh, Sp. 132

Ich habe noch keine Rache gesehen, die sich nicht schließlich selbst vernichtet hat!

Im Reiche des silbernen Löwen IV, S. 239

Womit man sündigt, damit wird man bestraft.

Im Reiche des silbernen Löwen IV, S. 522

Wie die That, so der Lohn, wie der Milchtopf, so der Deckel, und wie die Dose, so der Schnupftabak.

Der schwarze Mustang, S. 184

Wer Gutes tut, wird Gutes ernten.

Satan und Ischariot I, S. 327

Die Schlechtigkeit ist sich nur immer selbst zum Schaden.

Der Herrgottsengel, S. 206

Die Sterne leuchteten am Himmel. Sie hätten sich in Anbetracht dessen, was geschehen sollte, hinter dichte Wolken verstecken mögen, um nicht zu sehen, daß Verrath und Untreue auf Erden oft den Sieg davonträgt über Treue und Zuverlässigkeit.

Waldröschen oder Die Rächerjagd rund um die Erde, S. 2565

(...) dem Bösen ist das, was man Glück zu nennen pflegt, oft wenigstens scheinbar oder vorübergehend günstiger als dem Guten (...) *Old Surehand III, S. 175*

Beide können klug sein, der Böse sowohl als auch der Gute. Aber wenn es zum Schlusse kommt, so stellt sich unbedingt heraus, daß nur der Gute wirklich und wahrhaftig klug gewesen ist.

Im Reiche des silbernen Löwen III, S. 241

(...) je raffinierter ein Mensch im Bösen ist, desto leichter ist er zu übertölpeln. *Satan und Ischariot II, S. 311*

Eine Sünde bringt die andere, und die nächste ist stets größer und schwerer als die vorhergehende.

Der verlorene Sohn oder Der Fürst des Elends IV, S. 1543

Wer um Gnade fleht, der ist schuldig. Der Unschuldige braucht Gerechtigkeit, aber keine Gnade.

Der verlorene Sohn oder Der Fürst des Elends III, S. 1249

(...) welcher gerechte Richter könnte nur Ankläger und nicht zugleich auch Verteidiger sein?

Im Reiche des silbernen Löwen III, S. 445

Ich habe schon manchen Menschen kennen gelernt, dessen Mitmenschen ihn moralisch steinigten, und dann stellte es sich heraus, daß er rein war – reiner vielleicht als sie. *In den Cordilleren, S. 241*

(...) jeder Unglückliche hat Anspruch auf Schonung und Entschuldigung! *Old Surehand III, S. 459*

Die Reue ist der Engel der Gestürzten (...)

Und Friede auf Erden!, S. 637

Einkehr, Reue und Umkehr sind Geschwister, die um so langsamer schreiten, je sicherer sie zum Ziel kommen wollen! *Der 'Mir von Dschinnistan, S. (35) 590*

Wer einem andern unrecht gethan hat und dies einsieht, ist, wenn er es verschweigt, kein guter Mensch!

Satan und Ischariot I, S. 368

Wer sein Unrecht offen gesteht, dem schenkt man neues Vertrauen. *In den Cordilleren, S. 84*

(...) wer seine Fehler und Mängel erkennt, befindet sich schon auf dem Wege der Besserung (...)

Old Surehand III, S. 8

Es giebt keinen Fehler, welcher nicht vergeben werden könnte, sobald er nur bereut und eingestanden wird.

Waldröschen oder Die Rächerjagd rund um die Erde, S. 1286

Man kann das Geschehene niemals ändern, unter Umständen aber es vielleicht wieder gutmachen; durch Heulen und Klagen aber ist dies nicht möglich.

Der verlorene Sohn oder der Fürst des Elends V, S. 2233

Ja, jeder Dummkopf macht erst dann, wenn es zu spät ist, seine Fehler gut! *Im Lande des Mahdi II, S. 314*

Die Rache ist Gottes. Aber bestraft soll jede Uebelthat werden, und es ist Pflicht eines jeden Menschen, den Verbrecher unschädlich zu machen, damit er nicht noch mehr Böses thun kann. *Im Lande des Mahdi I, S. 363*

Die beste und gerechteste Strafe ist stets diejenige, welche es dem Verbrecher unmöglich macht, seine That zu wiederholen. *Der schwarze Mustang, S. 282*

Strafe muß sein, besonders wenn sie zur Lehre und zur Besserung dient (...) *Der Oelprinz, S. 73*

Wer einen Menschen einer Tat wegen verdammt, zu der er unter Umständen selbst fähig gewesen wäre, der ist derselben Strafe wert.

Im Reiche des silbernen Löwen IV, S. 253

Man soll den Menschen nicht nach dem beurteilen, was er ist, sondern darnach, wie er es geworden ist, dann wird manche Härte sich in Milde verwandeln, aber auch leider ebenso oft die Hochachtung sich in ihr Gegenteil verkehren. *Im Lande des Mahdi I, S. 137*

Dazu kommt, daß man sich wohl hüten soll, denjenigen, der einen Fehler, eine Sünde, ein Verbrechen begeht, für den allein Schuldigen zu halten. Man forsche nach der Vorgeschichte jeder solchen That! Sind nur körperliche und geistige Mängel angeboren? Können nicht auch sittliche es sein? Sodann bedenke man wohl, welche Macht in der Erziehung liegt! Ich meine da die Erziehung im weiteren Sinne, nicht bloß die Einwirkung der Eltern, Lehrer und Verwandten. Es sind die tausend und abertausend Verhältnisse des Lebens, welche oft tiefer und nachhaltiger auf den Menschen wirken als das Thun und Lassen derjenigen Personen, welche nach landläufiger Ansicht seine Erzieher sind. Ein einziger Abend im Theater, das Lesen eines einzigen schlechten Buches, die Betrachtung eines einzigen unsittlichen Bildes kann alle Früchte einer guten, elterlichen Erziehung in Fäulnis übergehen lassen. Welche Menge, ja Masse von Sünden hat die millionenköpfige Hydra, welche wir Gesellschaft nennen, auf dem Gewissen! Und gerade diese Gesellschaft ist es, welche mit wahrer Wonne zu Gerichte sitzt, wenn der Krebs, an dem sie leidet, an einem einzelnen ihrer Glieder zum Ausbruche kommt! Mit welch' frommem Augenaufschlage, mit welchem abweisenden Nasenrümpfen, mit welcher Angst vor fernerer Berührung zieht man sich da von dem armen Teufel zurück, der das Unglück hatte, daß die allgemeine Blutentmischung grad an seinem Körper zur Entzündung und zur Eiterung führte!

Wenn ich da von den Verhältnissen der ›civilisierten‹ Gesellschaft spreche, so muß meine Ansicht in Beziehung auf die sogenannten halb und ganz wilden Völker noch viel milder sein. Der wilde oder verwilderte Mensch, der nie einen rechten, sittlichen Maßstab für sein Thun besaß oder dem dieser Maßstab abhanden gekommen ist, kann für seine Gebrechen natürlich noch viel weniger verantwortlich gemacht werden als derjenige Sünder, welcher ins Straucheln kam und fiel, obgleich ihm alle moralischen Stützen unserer vielgerühmten Gesittung zur Verfügung standen. *Old Surehand III, S. 1ff.*

Dem gewöhnlichen Manne mangelt die Bildung, welche sich zu der humanen Anschauung erhebt, daß das

Vergehen die äußere Folge einer inneren, moralischen Krankheit sei, an welcher der Verbrecher selbst zuweilen die geringere Schuld trägt, die ihn aber auch im schlimmsten Falle nicht aus der Reihe der menschlichen Wesen scheidet und eher Mitleid als Verachtung erwecken sollte.

Des Kindes Ruf, S. 347

Wer als Mensch sündigt, mag human bestraft werden; für die Unmenschen aber müßte neben dem Kerker auch der Stock vorhanden sein! Das ist die Meinung eines Mannes, der jeden nützlichen Käfer von der Straße aufhebt und dahin setzt, wo er nicht zertreten wird, eines Weltläufers, der überall, wohin er seinen Fuß setzte, bedacht war für den Nachruf, ›er war ein guter Mensch‹, und endlich eines Schriftstellers, der seine Werke nur in der Absicht schreibt, ein Prediger der ewigen Liebe zu sein und das Ebenbild Gottes im Menschen nachzuweisen!

Old Surehand III, S. 308

Prügel auszutheilen ist nichts Aesthetisches (...)

Durch das Land der Skipetaren, S. 248

Wer Strafe verdient, der mag sie tragen; ist sie vorüber, so steht er wieder da wie zuvor. Wenigstens in meinen Augen. Ich bin überhaupt der Ansicht, daß wenigstens fünfzig Prozent der Bestraften nicht Verbrecher, sondern entweder kranke Menschen oder Opfer unglücklicher Verhältnisse sind. *Old Surehand III, S. 505*

Selbst ein Verbrecher hat seine unantastbaren Rechte, und

als einen Verbrecher darf man nur dann einen Menschen bezeichnen, wenn er überführt worden ist.

Am Rio de la Plata, S. 206

Der Mensch, welcher den entlassenen Sträfling, welcher seine Schuld abgebüßt hat, noch weiter mit offenem Mißtrauen und mit Verachtung straft, begeht ein großes Unrecht und beweist nebenbei, daß er die Verhältnisse gar nicht kennt. Wie Viele laufen frei herum, denen ein Stammplatz im Gefängnisse gehörte. Die Bevölkerung der Strafanstalten ist auch nicht anders zusammengesetzt als die freie Menschheit. Es giebt hier wie dort gute und schlechte.

Der verlorene Sohn oder Der Fürst des Elends III, S. 1009

Ich sage Euch, der Leichtsinnige ist viel gefährlicher als der wirklich boshaft Schlechte. Der Schlechte kennzeichnet sich bereits von weitem; der Leichtsinnige ist aber meist ein liebenswürdiger Kerl; darum ist er gemeingefährlicher als der Erstere. Tausend Schlechte können gebessert werden, denn die Schlechtigkeit hat Charakter, bei welchem die Zucht anzufassen vermag. Unter tausend Leichtsinnigen aber kann kaum einer gebessert werden, denn der Leichtsinn hat keinen Halt, keine feste Handhabe, an welcher er zu fassen und auf bessere Wege zu bringen ist.

Winnetou II, S. 306f.

In Gefahr und höchster Not

Es ist leichter, eine Gefahr zu verhüten, als sie zu bekämpfen, wenn sie schon eingetreten ist.

Durchs wilde Kurdistan, S. (8) 330

Wenn man eine Gefahr genau kennt, so ist sie nur halb so groß. *Durch das Land der Skipetaren, S. 344*

Wer's nicht kennt, der unterschätzt natürlich die Gefahr.

Kong-Kheou, das Ehrenwort, S. 304

Wer seine Feinde kennt, ist auf dem besten Wege, sie zu besiegen. *Ein Fürst des Schwindels, S. 402*

Der Angreifende befindet sich stets im Vorteile, weil er die Zeit, den Ort, die Art und Weise wählen kann und es also vermag, die vorhandenen Chancen möglichst dienstbar zu machen. *In den Cordilleren, S. 246*

Und außerdem liegt ja im Menschen überhaupt der Drang, sich über jede Gefahr Gewißheit zu verschaffen und jedem Bösen nach Kräften entgegen zu arbeiten, den Reiz gar nicht gerechnet, den auf jede kräftige Natur ein mutiges Unternehmen auszuüben pflegt.

Winnetou III, S. 23

Wenn der Augenblick der Gefahr da ist, hat jede vorher

etwa vorhandene Bangigkeit aufzuhören, sonst ist man verloren. *Im Lande des Mahdi II, S. 62*

Es ist eine alte Erfahrung, daß beim Eintritte einer erwarteten Gefahr die Angst aufhört. *Am Rio de la Plata, S. 229*

Was man verachtet, kann man doch nicht fürchten!
Im Reiche des silbernen Löwen IV, S. 499

Getrost sein, das ist das erste Erfordernis in jeder Gefahr.
Winnetou I, S. 232

Dem Kühnen gehört ja die Welt.
Kong-Kheou, das Ehrenwort, S. 257

Wenn wir gar den Mut und die Lebenslust verlieren, so ist's aus mit uns. *In den Cordilleren, S. 165*

Freilich, dem Mutigen lacht der Erfolg, und wenn ich ihn durch ein kleines Wagnis leichter und schneller erringen kann als sonst, so stehe ich nicht gern hintenan.
Satan und Ischariot III, S. 542

Der größte Mut ist ohnmächtig, wenn er keine Waffen hat. *Im Reiche des silbernen Löwen III, S. 395*

Der wahre Mut ist ruhig und weiß sich in jeder Lage zu beherrschen! *Am Jenseits, S. 542*

Mut soll man nur zeigen, wenn es nötig ist, sonst ist es Prahlerei. *Old Surehand II, S. 589*

Aber Großsprecher sind ja gewöhnlich, wenn es ernst wird, feige Menschen. *Der Schut, S. 700*

Die Feigheit greift sehr gern zur Hinterlist.
Im Reiche des silbernen Löwen III, S. 518

Wer feig ist, ist zu jeder Lüge fähig.
Old Surehand III, S. 387

Die Feigheit verwandelt sich sehr leicht in Blutdurst, wenn sie sich außer Gefahr befindet (...)
Der schwarze Mustang, S. 214

(...) rohe, gewaltthätige Menschen besitzen gewöhnlich nicht den wahren Mut. *Old Surehand III, S. 348*

Nur derjenige Mut ist lobenswert, welcher sich mit Klugheit und Überlegung paart. *Die Sklavenkarawane, S. 115*

Man soll Mut und Tapferkeit besitzen; aber man braucht sich doch nicht so mit aller Gewalt der Gefahr auszusetzen. *Im Reiche des silbernen Löwen III, S. 437*

(...) die Tapferkeit darf nicht in Verwegenheit ausarten. Dem wahren wirklichen Mute steht stets die Vorsicht, die Bedachtsamkeit zur Seite. *Im Lande des Mahdi III, S. 240f.*

Es ist ein großer Unterschied, wenn man vor einem Wagnisse steht, ob man weiß oder nicht, für wen man es unternimmt. *Im Reiche des silbernen Löwen II, S. 553*

Ich wage nie etwas, denn es kommt mir niemals bei, irgend etwas Unüberlegtes zu thun.

Im Reiche des silbernen Löwen III, S. 583

Entweder nichts gewagt, oder alles gewagt!

Im Lande des Mahdi III, S. 141

Je mehr man wagt, desto sicherer ist man (...)

Auf fremden Pfaden, S. 378

Was man ohne Wagnis bekommen kann, das soll man ohne Wagnis nehmen. *Old Surehand III, S. 392*

Man darf nicht zu viel wagen. *Die Sklavenkarawane, S. 564*

Lieber mitten in der Gefahr, als nur an ihrem Rande!

Winnetou IV, S. 328

Wer sich in Gefahr begiebt, muß sich darauf gefaßt machen, in derselben umzukommen.

Am Rio de la Plata, S. 155

Je größer die Kühnheit, desto kleiner die Gefahr.

Die Rose von Kaïrwan, S. 338

Die Angst vergrößert alles (...)

Im Lande des Mahdi III, S. 261

Vorsicht ist kein Zeichen der Furcht oder der Angst!

Der verlorene Sohn oder Der Fürst des Elends V, S. 1713

Vorsicht ist besser als Nachlässigkeit.

Durchs wilde Kurdistan, S. (7) 776

(...) Vorsicht ist in keiner Lage überflüssig (...)

Der Schut, S. 626

Das Sicherste ist doch das Beste.

Waldröschen oder die Rächerjagd rund um die Erde, S. 2310

Es steckt doch kein vernünftiger Mensch den Kopf in eine Presse, welche soeben zugeschraubt werden soll!

Der Oelprinz, S. 395

Man muß sich doch seine Haut betrachten, ehe man sich entschließt, sie zu Markte zu tragen.

Der verlorene Sohn oder der Fürst des Elends IV, S. 1653

Wer sich ohne Grund in ein reißendes Wasser stürzt, kann, selbst wenn er ein guter Schwimmer ist, leicht darin umkommen. *Satan und Ischariot III, S. 519*

Weiß man, daß an einer gewissen Stelle eine Mine liegt, so geht man entweder nicht hin oder sorgt dafür, daß sie vorzeitig zur Explosion gelangt. Dann kann sie keinen Schaden machen. *Im Lande des Mahdi II, S. 185*

Allzu große Sicherheit hat schon manchen gescheidten Kerl in's Verderben gebracht.

Der verlorene Sohn oder Der Fürst des Elends II, S. 692

(...) merke dir, daß man sich selbst von dem größten Schreck nicht überraschen lassen darf!

Satan und Ischariot II, S. 148

Man muß erfinderisch sein (...)

Satan und Ischariot III, S. 392

List und Klugheit gehen über alle Körperkraft.

Durch das Land der Skipetaren, S. 526

Warum Gewalt anwenden, wenn man mit ein wenig List ebenso zum Ziele gelangen kann?

Die Sklavenkarawane, S. 675

Niemals aufgeben!

In ein unvermeidliches Schicksal sich zu ergeben, ist keine Kunst (...) *Am Rio de la Plata, S. 212*

Der Mensch darf sich nie verloren geben.

Auf fremden Pfaden, S. 383

Der Mensch muß bis zum letzten Augenblicke hoffen, aber freilich auch all das Seinige dazu beitragen, daß diese Hoffnung in Erfüllung gehe. Wer das nicht thut, der ist allerdings verloren. *Winnetou III, S. 455*

Es giebt keine Lage, in welcher der Mensch zu verzweifeln braucht. *Im Lande des Mahdi III, S. 103*

Es giebt auf Erden keine Lage, welche rettungslos ist.

Die Liebe des Ulanen, S. 137

Wenn die Noth am größten, so ist die Hilfe am nächsten, und sie kommt dann meist von einer Seite, von welcher man sie nicht erwartet hat.

Deutsche Herzen, deutsche Helden, S. 883

(...) ich habe stets gewußt, daß Gott auch dann, wenn die Uhr zum zwölften Stundenschlag aushebt, noch helfen kann. *In den Schluchten des Balkan, S. (12) 123*

Und selbst wenn ich an den Marterpfahl gebunden werde, halte ich noch immer die Hoffnung fest, bis sie mir den Todesstoß versetzen. *Der Oelprinz, S. 451f.*

Man darf überhaupt das Wort ›unmöglich‹ nicht bei jeder Schwierigkeit in Anwendung bringen.

Am Rio de la Plata, S. 511

Wenn der Mensch im Unglücke einen festen Entschluß faßt, so ist ihm bereits zur Hälfte geholfen.

Der verlorene Sohn oder der Fürst des Elends II, S. 499

Leider aber passiert es dem Menschen sehr oft, daß er gerade dann, wenn er eine Idee sehr notwendig braucht, keine finden kann. *Im Lande des Mahdi II, S. 156*

Das scheinbar Schwere ist oft viel leichter als das, was leicht erscheint und auch leicht ist.

Im Reiche des silbernen Löwen I, S. 97

Eine Kleinigkeit, welche man gar nicht beachtet hat, kann oft die schwierigste Lage in eine günstige verwandeln.

Scepter und Hammer, S. 674

(...) es ist nie meine Art gewesen, mit dem Kopfe dicke Mauern einzurennen. Ich sage Euch, die Mauern sind stets härter als die Köpfe. *Winnetou I, S. 217*

Ich muß bloß das, was ich will (...)

Im Lande des Mahdi II, S. 54

Wenigstens will ich nur das, was ich kann (...)

Im Lande des Mahdi II, S. 225

Jeder Mensch kann anders, wenn er will!

Winnetou I, S. 79

(...) was man muß, das kann man auch.

Satan und Ischariot I, S. 229

Hat der Mensch einmal ein Muß erkannt, so soll er alle Kräfte einsetzen, demselben gerecht zu werden

Im Lande des Mahdi I, S. 435

Wenn es keine andre Wahl giebt als das Wasser, so stürzt man sich eben hinein und lernt sofort das Schwimmen.

Old Surehand I, S, 215

Umgangsformen

Der Mensch darf sich nicht überheben.

Satan und Ischariot II, S. 303

(...) wer dankbar ist, der wandelt auf dem Wege, an welchem auch alle andern Tugenden blühen. Pflücke sie beizeiten, denn je länger dieser Weg wird, desto seltener sind sie zu finden und desto mehr sind sie von Dornen umgeben, welche die pflückende Hand verscheuchen!

Satan und Ischariot I, S. 348

Ein Jeder muß wissen, was ihm der Andere schuldig ist!

Der verlorene Sohn oder der Fürst des Elends IV, S. 1552

(...) ein Schuft giebt mehr als er hat (...)

Die Liebe des Ulanen, S. 614

(...) eine Gabe, die erwidert werden muß, ist kein Geschenk, sondern eine Erpressung. *Winnetou IV, S. 276*

Ich kniee vor keinem Menschen (...)

Im Lande des Mahdi I, S. 52

(...) ich bin sehr gern höflich, aber ich will auch haben, daß Andere höflich sind (...)

Von Bagdad nach Stambul, S. (9) 76

Ich halte es auch für eine Unhöflichkeit, Unbekannte sofort nach der Begegnung nach allem möglichen auszufragen. *Im Lande des Mahdi II, S. 13*

Man kann höflich und doch dabei ein alter Schlaukopf sein. *Winnetou II, S. 14*

(...) ich redete zu ihm in jenem milden, überzeugungsvollen Tone, welcher zum Herzen dringt, jedes Bessers-einwollen vermeidet und den Hörer gefangen nimmt, obgleich er diesen denken läßt, daß er sich aus eigenem Willen und Entschließen ergeben habe.

Winnetou III, S. 363

(...) wer neugierig ist, muß auch die Antworten nehmen, wie sie kommen. *Fürst und Reitknecht, S. 172*

Es ist aber niemals meine Leidenschaft gewesen, mich in fremder Leute Sache zu mischen. *Winnetou III,, S. 325*

Man soll nie versuchen, mit Gewalt in die Geheimnisse anderer Menschen dringen zu wollen.

Im Reiche des silbernen Löwen III, S. 124

Es ist oft gut, wenn man nicht gekannt wird (...)

Old Surehand II, S. 597

Es giebt Fälle, in denen es sehr gerathen erscheint, eine Verkleidung anzulegen. *Die Liebe des Ulanen, S. 179*

Man läßt sich nicht gern in die Ecken und Winkel gukken. *Der verlorene Sohn oder der Fürst des Elends, S. 1071*

Die allergrößte Belästigung für einen Menschen aber ist es, wenn er sich belauschen lassen muß.

Kong-Kheou, das Ehrenwort, S. 577

Giebt es überhaupt gegen Gemeinheit eine Waffe, wenn man nicht eben auch gemein sein will? Und wenn ich der geschickteste Fechter bin, kann ich mich mit einem anständigen Floret gegen einen Menschen wehren, der mich mit der – Düngergabel anspießen will?

Im Lande des Mahdi II, S. 175f.

Grobheit erregt Respekt (...) *Im Lande des Mahdi I, S. 179*

(...) Beherrschung ist Verstellung (...)

Im Lande des Mahdi II, S. 12

Der Mensch hat keine schlimmeren Feinde als seine eigenen Leidenschaften. *»Weihnacht!«, S. 609*

Man darf sich nicht so bald aufregen lassen.

Der schwarze Mustang, S. 18

Wenn keine Leidenschaften das Antlitz entstellen, so kann die Schönheit in den Zügen sitzen bleiben.

In den Schluchten des Balkan, S. (14) 190

(...) alles, was man mit Leidenschaft tut, wird zum Schaden. *Das Geldmännle, S. 479*

Wer sich zu schnell gehen läßt, der muß sich darauf gefaßt machen, einmal derb angehalten zu werden.

Kong-Kheou, das Ehrenwort, S. 737

Dem Manne ziemt nicht, wallendes Blut zu haben.

Der Schatz im Silbersee, S. 497

Ein kluger Mann fragt nicht seinen Zorn, sondern seinen Verstand um Rath. *Von Bagdad nach Stambul, S. (9) 42*

Wenn einem Menschen die Rakete in den Kopf fährt, so ist er im stande, Dinge zu sagen, an die er selber niemals glaubt. *Am Stillen Ocean, S. 112*

Der Zorn tut nie das Richtige. *Schamah, S. 43*

Der Hohn ist ein Verführer, dem man niemals folgen sollte. *Satan und Ischariot III, S. 416*

Es sind ja überhaupt nur rohe und unverständige Menschen, welche über einen unverdienten körperlichen Fehler oder Mangel die Nase rümpfen können.

Winnetou I, S. 89

Liebe und Freundschaft

Wie herrlich wäre es auf Erden, wenn die Liebe wirklich und allein die Regierung hätte! *Am Jenseits, S. 347*

Kein profanes Auge darf bis zum Throne der göttlichen Liebe dringen, welche sich in der menschlichen offenbart.

Waldröschen oder Die Rächerjagd rund um die Erde, S. 2607

So giebt es auch nur eine einzige Liebe, die sich aber bei jedem Geschöpf und in jedem Augenblicke anders zeigt.

Im Reiche des silbernen Löwen III, S. 482

Der Mensch darf nur eine einzige Liebe haben; aber diese muß so groß und mächtig sein, daß sie sein ganzes Denken und Fühlen, sein ganzes Leben ausfüllt.

Der verlorene Sohn oder der Fürst des Elends I, S. 238

Es giebt eine Sage, daß Gott immer zwei Seelen zur Erde sende, welche zu einander gehören. Sie nehmen Wohnung in menschlichen Körpern, welche näher oder entfernter von einander wohnen; aber wenn sich diese beiden Menschenherzen begegnen, so erkennen sich die Seelen und bleiben von nun an beieinander für das ganze Erdenleben. *Die Liebe des Ulanen, S. 660*

Wer nix sucht, der kann auch nix find'n, und wer nix findet, dem kann auch nix pass'n. Die Weiber flieg'n

Aanem net wie die gebrat'nen Taub'n in den Mund; sie möchten's zwar gern, aber es schickt sich net für sie, und darum muß man doch wenigstens die Hand ausstreck'n, wenn man Aane hab'n will. *Der Giftheiner, S. 638*

(...) die Liebe ist unter allen Umständen ein unbegreifliches Frauenzimmer; je mehr sie mißhandelt wird, desto wohler fühlt sie sich (...) *Winnetou I, S. 356*

Die Liebe ist die ärgste Monomanie, welche ich kenne, und hat schon Millionen um den Verstand gebracht.

Am Stillen Ocean, S. 395

Die Liebe ist ein obstinates Ding. *Der Pflaumendieb, S. 76*

Die Liebe ist eine Koloquynthe. Wer sie ißt, bekommt Bauchgrimmen. *Durch die Wüste, S. 439*

(...) die Liebe fragt nie nach der Zeit, sie kommt, sie ist da, plötzlich, vollständig und allmächtig, man kann ihr nicht widerstehen. *Die Liebe des Ulanen, S. 166*

Aber während der Eine fünfzehn Jahre braucht, um nur zu erfahren, daß man lebt, um zu heirathen, hat der Andere bereits die sechste Frau zu Tode geärgert. Die Liebe kommt bei dem Einen wie eine Schnecke und bei dem Anderen wie ein Blitz aus heiterem Himmel. Das geht Puff auf Puff und Knall auf Knall. Es leuchtet, ein Donnerschlag, und man ist getroffen und erschlagen für die ganze Lebenszeit. *Die Liebe des Ulanen, S. 1301*

Ja, die Lieb' ist stark und kann All's, sogar betrüg'n, fortlauf'n und abspenstig werd'n (...) *Der Giftheiner, S. 700*

Man kann lieben ohne Verlangen, ohne lebenzerstörende Leidenschaft, so recht fromm und innig. Eine solche Liebe ist zum guten Theil Verehrung, Anbetung. Sie kann freilich nur dann möglich sein, wenn sie sich auf einen Gegenstand richtet, welcher ebenso anbetungswürdig wie unerreichbar ist. Sie flammt auf dem Altare des Herzens; sie hat kein Ende, sie wirkt nicht zerstörend.

Der verlorene Sohn oder der Fürst des Elends V, S. 2176

(...) das Auge der Liebe sieht scharf.

Scepter und Hammer, S. 594

»(...) die Liebe macht glücklich, macht selig! Die Liebe macht den Bettler zum König!«
»Unsinn, nichts als Unsinn! Die Liebe macht die Könige zu Bettlern; sie macht elend und unglücklich!«

Die Liebe des Ulanen, S. 1046

(...) eine unglückliche Liebe ist das größte, herzzerreißendste, überwältigendste Leiden, welches ich kenne.

Winnetou II, S. 31

Der Liebende, sei seine Liebe nun glücklich oder unglücklich, er sucht die Einsamkeit, er liebt die abendliche Stille, in welcher er denken, sinnen und träumen kann.

Unter den Werbern, S. 71

O, die Liebe ist mitteilsam! *Satan und Ischariot III, S. 322*

Unglückliche Liebe klagt, glückliche aber schweigt (…)

Die Liebe des Ulanen, S. 675

Es bedarf gar nicht vieler Begegnungen, um dem Herzen nahe zu stehen.

Der verlorene Sohn oder der Fürst des Elends V, S. 2311

Die Liebe des Weibes verdoppelt die Jahre des Lebens.

Auf fremden Pfaden, S. 479

Selbst wenn eine Frau ihren Mann nicht liebt, will sie doch von ihm beachtet sein.

Der verlorene Sohn oder der Fürst des Elends I, S. 110

Eine vorsichtige Frau läßt ihren Mann nicht in Versuchung gerathen.

Der verlorene Sohn oder der Fürst des Elends V, S. 1988

Eheleute müssen aufrichtig gegen einander sein.

Der verlorene Sohn oder der Fürst des Elends II, S. 814

Eine Frau muß es auch verstehn, zuweilen am rechten Ort und zur rechten Zeit ein tüchtiges Hagelwetter loszulassen. Sie muß es verstehn, dem Mann gehörig den Kopf zu waschen, wenn er Dummheiten macht.

Ein Fürst-Marschall als Bäcker, S. 145

Erst sind diese Weibsen der reine Honigseim, später jedoch wird Rindsgalle daraus. Nach der Hochzeit werden sie überständig und modrig; sie kriegen Risse, Knitter und Stockflecke; die Falten kommen, und die Haare fallen aus, und aus dem früheren Engel wird eine Klatschschwester, eine Vogelscheuche, ein Drache, ein Ungethüm, das Gift und Feuer speit. Darum verliebe Dich, aber verheirathe Dich nicht (...) *Die Liebe des Ulanen, S. 152*

Aber so ist es: gestern verliebt und heute ein Esel!

Die Liebe des Ulanen, S. 152

Die Treue ist etwas Geistiges, oder noch richtiger, etwas Seelisches, und wer sie nach der Zahl der Briefbogen mißt, der traut sich selber nicht. Wer meiner Freundschaft zumutet, ihm in ganz bestimmten Zeitintervallen eine ganz bestimmte Zahl von Zeilen zu schreiben, der zwingt das Heiligste ins Briefcouvert und kann nur wenig Freunde haben. Schreibselige Menschen begeben sich sehr leicht in die Gefahr, lästig zu werden (...)

Und Friede auf Erden!, S. 231f.

(...) geistige oder seelische Verwandtschaft ist ein Band, welches nie zerreißt, auch wenn man es nicht pflegt.

Und Friede auf Erden!, S. 147

Die wahre Freundschaft bewährt sich durch die That (...)

Old Surehand III, S. 471

Die wahre Freundschaft ist zum größten Opfer, die zwischen Winnetou und mir war sogar zum Opfer des Lebens bereit (...) *»Weihnacht!«, S. 123*

Zwischen Freunden aber giebt es keinen Handel, kein Versprechen, keinen Preis und keinen Lohn.

Im Lande des Mahdi II , S. 328

Ein Mann, der die Wahrheit verschweigt, ist kein guter Freund. *Von Bagdad nach Stambul, S. (8) 427*

Freunde dürfen scherzhafte Worte nicht auf die Goldwage legen. *Kong-Kheou, das Ehrenwort, S. 737*

Vor Freunden versteckt man nichts. *Am Jenseits, S. 250*

Den Willen eines Freundes muß man achten.

Old Surehand III, S. 295

Verletztes Ehrgefühl kann leicht die beste Freundschaft in das Gegenteil verwandeln. *Im Lande des Mahdi III, S. 86*

Ein Freund, der mich beleidigt, ist schlimmer als ein Feind! *Winnetou IV, S. 498*

Ein ehrenhafter Feind ist schätzenswerth, ein hinterlistiger Freund aber einfach verächtlich.

Scepter und Hammer, S. 372

Winnetou, der Häuptling der Apatschen, zwingt keinem Menschen seine Freundschaft auf, weil es nicht seine Gewohnheit ist, sich vor einem Feinde zu fürchten.

Old Surehand III, S. 463

Die Freundschaft der »Bleichgesichter« wird oft auch bei Tabaksqualm und Spiritusduft geschlossen, aber was ist sie wert? Sie hört auf, sobald der Qualm sich verzogen und der Spiritus sich verflogen hat. *Ein Oelbrand, S. 9*

(...) ich habe stets die Erfahrung gemacht, daß derjenige, der einem die Freundschaft und dann die Brüderschaft anträgt, gewöhnlich die Absicht hat, einen anzupumpen.

Old Surehand III, S. 463

Gute Kameraden dürfen einander nicht verlassen.

Am Stillen Ocean, S. 177

Wenn ich mich einem Menschen anschließen soll, so muß ich wissen, woran ich mit ihm bin. *Winnetou III, S. 326*

(...) Nachbarsleute müssen einander aushelfen.

Der verlorene Sohn oder der Fürst des Elends II, S. 484

(...) die Gastfreundschaft ist das Heiligste mit, was es giebt. *Der verlorene Sohn oder der Fürst des Elends V, S. 1891*

(...) als Gast hat man sich anständig zu betragen, wenn man anständig behandelt sein will. *Old Surehand II, S. 592*

Ein Gast ist immer ein gebundener Mann.

Der Schut/Anhang, S. 542

(...) mit Gästen streitet man nicht.

Im Lande des Mahdi III, S. 198

(...) um Personen, denen man ein volles Vertrauen schenkt, die man achtet oder hochachtet, kann man sich nicht sorgen. *Die Liebe des Ulanen, S. 648*

Das Vertrauen ist nicht wie eine Dattel, die man in der Minute zehnmal hin und her geben kann. Es geht schneller fort, als es wiederkehrt.

Im Reiche des silbernen Löwen III, S. 195

Vertrauen soll man nicht erzwingen.

Old Surehand III, S. 508

(...) Abschied nehmen ist niemals etwas Angenehmes, außer man trennt sich von Leuten, für welche man keine Sympathie besitzt. *In den Schluchten des Balkan, S. (12) 212*

Zwei Menschen, welche gleiche Pfade gehen, die pflegen gegenseitig sich zu ahnen.

Im Reiche des silbernen Löwen IV, S. 217

Gleichheit des Schicksals erzeugt Teilnahme (...)

Am Stillen Ocean, S. 324

Männer, Frauen, Eltern, Kinder

Gott ist die Allmacht und die Liebe, der Mensch aber ist sein Ebenbild; da nun aber der Mensch aus Mann und Frau besteht, so soll der Mann ein Ebenbild der göttlichen Allmacht und das Weib ein Ebenbild der göttlichen Liebe sein. Und wo Allmacht und Liebe auf Erden so innig zusammenwirken, da wird der Mensch seinem Gotte immer ähnlicher, da steigt die Weisheit und Gerechtigkeit vom Himmel hernieder und die Völker nähern sich immer mehr der Erhabenheit und Herrlichkeit Dessen, der ihnen das Leben und Dasein gab. *Die Juweleninsel, S. 339*

Millionen haben keine Ahnung davon, was es heißt, daß in der Ehe Geist und Seele sich vereinen sollen, um Geist und Seele zu befreien! *Und Friede auf Erden!, S. 631*

Habt ihr begriffen, was es heißt, ein Mann zu werden? Eine Persönlichkeit, die aus eigener Energie zu tun und zu handeln beliebt, ohne mit sich handeln zu lassen? Eine Persönlichkeit, die ihre Ziele kennt und nach ihnen strebt, ohne nach irgendeiner Seite abzuweichen?

Winnetou IV, S. 286

Mann werden, heißt nicht, Krieger werden, sondern Person werden. *Winnetou IV, S. 61*

Ein jeder Mann ist ein ganzer Mann, wenn er seinen Platz ausfüllt. *Die Liebe des Ulanen, S. 792*

Ein Mann muß alles können, was er will; er darf es aber nur dann thun, wenn es gut und nützlich ist.

Satan und Ischariot II, S. 293

Ein Mann, welcher nicht genau weiß, was er zu leisten vermag, ist kein Mann (...) *Ein Fürst des Schwindels, S. 372*

Wirklich große Männer sind stets bescheiden.

Der Weg zum Glück, S. 1094

Mochte er noch so begabt sein, ein großer Mann zu werden, war ihm versagt. Das Naturell herrschte wie ein wildes Tier in seinem Innern (...)

Der 'Mir von Dschinnistan, S. (35) 136

Laß uns nicht weinen, die wir Männer sind!

Winnetou III, S. 399

(...) es giebt weder Worte noch Farben, das Entzücken eines Mannesherzens treffend darzustellen.

Deutsche Herzen, deutsche Helden, S. 2169

Wie glücklich muß ein Mann sein, der eine stille Heimat hat, die unerreicht ist von der Brandung der Schicksalswogen, ein Weib, dem er vertrauen darf, und ein Kind, in welchem er sein veredeltes Ebenbild heranwachsen sieht.

Von Bagdad nach Stambul, S. (8) 526f.

(...) die Arbeitszimmer unverheiratheter Männer sind gewöhnlich mit Möbels nicht sehr überladen.

Die Liebe des Ulanen, S. 855

Wo kaane Frau im Haus' ist, da giebt's nur eitel Unordnung und Aergerniß (...) *Der Giftheiner, S. 638*

Die Kunst des Salons erlernt man nie von einem Manne.

Der verlorene Sohn oder der Fürst des Elends I, S. 202

Die stolzen Herren der Schöpfung nennen eine Jede, welche sie einmal umarmen, die Ihrige.

Der verlorene Sohn oder der Fürst des Elends V, S. 2295

(...) Du glaubst nicht, wie dumm diese Männer sind. Ein schönes Gesicht, ein üppiger Bau, ein Wenig geheuchelte Liebe – dann sind sie weg!

Der verlorene Sohn oder der Fürst des Elends III, S. 1257

(...) ein Mann ist stets stärker als eine weibliche Person.

Der Weg zum Glück, S. 2122

Giebt es nicht unter den Männern Weiber? Warum soll es nicht unter den Weibern Männer geben?

Waldröschen oder Die Rächerjagd rund um die Erde, S. 1152

Das Mädchen wird so frei geboren wie der Knabe; es wird ihm Alles gelehrt, was es lernen will; es kann sich seinen Gatten wählen und ist nicht die Sklavin desselben.

Die Juweleninsel, S. 339

Ja, wir Damen haben uns endlich emanzipiert, und unser größter Triumph ist es, in die Tiefen der Wissenschaft einzudringen und es auch in den schönen Künsten den Männern zuvorzutun. *Winnetou III, S. 250*

Ja, wir Frauen haben einen anderen Muth als Ihr! Ihr habt den Muth der Vernichtung und wir den Muth der Errettung, der Befreiung.

Deutsche Herzen, deutsche Helden, S. 1790

Giebt es schon von Künstlerhänden gefertigte Bilder reizender Frauen, von denen man den Blick fast nur mit Gewalt abzuwenden vermag, wie viel mehr muß das Auge gefesselt sein von einem Meisterstücke des Schöpfungswerkes.

Der verlorene Sohn oder der Fürst des Elends I, S. 20f

Man sage der häßlichsten Frau, daß sie hübsch sei, und sie wird es glauben (...)

Der verlorene Sohn oder der Fürst des Elends III, S. 1391

Es trägt ein jedes Mädchen ein Ideal in ihrem Herzen.

Waldröschen oder Die Rächerjagd rund um die Erde, S. 1562

Ein Mädchen aber, welches einmal die Freuden der Liebe gekostet hat, wird nie ein treues Weib. Der Bösewicht sündigt mit der Gesinnung, also psychisch, das Mädchen aber mit dem Körper. Dieser Körper bleibt zur Lust geneigt; der Geist ist willig, aber das Fleisch bleibt schwach.

Waldröschen oder Die Rächerjagd rund um die Erde, S. 1462

Es giebt noch Mädchen, welche Grundsätze haben!

Der verlorene Sohn oder der Fürst des Elends I, S. 56

(...) ich komme aus einem Lande, wo man die Frauen höher hält, als alles Andere. Sie, die so schön, so zart und liebenswürdig sind, sollen sich nicht mit schweren Lasten plagen. *Durchs wilde Kurdistan, S. (8) 404*

Damen sind die Blumen im Kranze der Gesellschaft; sie verschönern den Kreis, und ihre Anwesenheit macht, daß die Worte sanfter und lieblicher fließen.

Kong-Kheou, das Ehrenwort, S. 721

Eine geistreiche Frau wird nie alt.

Der verlorene Sohn oder der Fürst des Elends V, S. 2051

(...) ein Weib ist oft viel scharfsinniger als ein Mann; es erräth auf der Stelle, was der Mann erst nach längerem Sinnen, Schließen und Grübeln erreicht.

Die Liebe des Ulanen, S. 183

Der Kopf des Mannes gleicht oftmals einem leeren Beutel; im Kopfe der Frau aber ist stets noch ein Piaster zu finden, und wenn der letzte herausgenommen worden ist, steckt immer noch ein allerletzter drin!

Im Lande des Mahdi III, S. 233

Der Frauen Gefühl ist so unerforschlich richtig (...)

Und Friede auf Erden!, S. 497

Ich gebe gern zu, daß die Frau dem Mann in Beziehung auf die feineren Instinkte überlegen ist.

Winnetou IV, S. 238

Wer Frauen überzeugen will, der hat sich an ihr Herz und an die Logik der Tatsachen zu wenden und sich zu hüten, irgend etwas zu verletzen, was ihnen heilig ist.

Der 'Mir von Dschinnistan, S. (34) 282

Die Seele des Weibes ist ein ewiges Räthsel (…)

Das Waldröschen oder die Rächerjagd rund um die Erde, S. 1689

Wie leicht und doch wie schwer ist ein Frauenherz zu verstehen! Was uns Männern als Widerspruch erscheint, kann schönste Harmonie bedeuten, und was wir für oberflächlich halten, stammt vielleicht aus der tiefsten, verborgensten Seelenfalte. Das Weib weiß es wohl selbst nicht, wie also kann der Mann es wissen!

Und Friede auf Erden!, S. 267

Frauen verstehen einander ja so leicht.

Der verlorne Sohn oder der Fürst des Elends V, S. 1946

(…) doch sind die Frauen ja stets gläubiger und mystischer angelegt, als wir Männer.

Der verlorene Sohn oder der Fürst des Elends IV, S. 1585

(…) Weiberaugen sehen durch die dickste Mauer.

Unter den Werbern, S. 47

Das Weib liebt weniger die Form als vielmehr den Inhalt.

Der verlorene Sohn oder der Fürst des Elends V, S. 2231

Wissen Sie, daß wir Damen die Kühnheit lieben und uns von derselben imponieren lassen?

Am Stillen Ocean, S. 324

Nichts ergreift das Herz eines Weibes tiefer, als die Thräne eines starken, characterfesten Mannes.

Waldröschen oder Die Rächerjagd rund um die Erde, S. 1440

(...) die Güte ist ja der schönste Schmuck des weiblichen Geschlechtes (...)

Winnetou III, S. 234

Die schönste Zierde des Weibes aber ist Sanftmuth, Milde und ein weiches, biegsames Gemüth.

Die Liebe des Ulanen, S. 409

Sie können die Erfahrung machen, daß Frauen, welche die Gewohnheit besitzen die Arme über die Brust zu kreuzen, meist energischen Charakters und festen Willens sind.

In den Cordilleren, S. 233

Wird ein Weib verschmäht, so ist ihr Grimm dann größer, gewaltiger und – gefährlicher als ihre Liebe.

Der verlorene Sohn oder der Fürst des Elends I, S. 110

(...) wenn eine Squaw Böses thut, so sieht das Böse viel häßlicher aus, als wenn ein Mann es thut.

Satan und Ischariot III, S. 344

Und sucht ein weibliches Wesen nach einem Vorwande, so läßt er sich sicher finden.

Der verlorene Sohn oder der Fürst des Elends III, S. 1398

Ein jedes Weib befindet sich im Besitze eines gewissen Schauspielertalentes (...)

Der verlorene Sohn oder der Fürst des Elends III, S. 1114

Frauen sind veränderlich wie Aprilwetter!

Der verlorene Sohn oder der Fürst des Elends II, S. 644

(...) Frauen sind in Beziehung auf ihre Verschwiegenheit nicht immer besonders zuverlässig.

Der verlorene Sohn oder der Fürst des Elends II, S. 507

Schweigen sollen wir Damen? Wozu haben wir denn den Mund bekommen? Etwa bloß zum Nüsseknacken und Oppedeldoc trinken? Hören Se, da sind Se uff dem Holzwege! *Der Oelprinz, S. 144*

Ein braves Weib ist als die »Seele des Hauses« eine erfolgreiche Trägerin der Kultur und des wahren Gottesbewußtseins. *Von Bagdad nach Stambul, S. (9) 336*

Ja, das Weib soll der Sonnenstrahl sein, welcher das Leben des Mannes erhellt und erwärmt.

Der verlorene Sohn oder der Fürst des Elends IV, S. 1545

(...) Sauberkeit ist die schönste Zierde des Weibes.

In den Schluchten des Balkan, S. (12) 59

Wir Frauen sind ja im Kleinen so glücklich.

Der Weg zum Glück, S. 2521

Wir Frauen sind im Grunde genommen doch alle gut monarchisch gesinnt.

Der verlorne Sohn oder der Fürst des Elends III, S. 1402

Ein Vaterherz ist eine heilige Sache (...)

Durchs wilde Kurdistan, S. (7) 788

Was der Vater tut, ist stets richtig. *Schamah, S. 68*

Man muß dem Beispiel seiner Väter treu zu bleiben suchen (...) *Durch das Land der Skipetaren, S. 529*

(...) ich bin so glücklich, eine Mutter zu haben, welche mir in jeder Minute meines Lebens bewiesen hat, daß echte, wahre Frauenliebe, hier Mutterliebe, ein herrliches Abbild der Liebe Gottes ist (...)

Satan und Ischariot I, S. 543f.

Aber der Instinkt einer liebenden Mutter blickt tiefer als der Scharfsinn eines denkenden Mannes.

Der verlorene Sohn oder der Fürst des Elends V, S. 1936

(...) eine Mutter kennt das Menschenherz nur allzu gut (...) *Der verlorene Sohn oder der Fürst des Elends I, S. 167*

(...) was eine Mutter sagt, das gilt fürs ganze Leben.

Das Geldmännle, S. 512

Kinderseelen sind das köstlichste, was Gott den Menschen anvertraut. *Sonnenscheinchen, S. 46*

Das Herz der Mutter ist der Boden, in dem der Geist des Kindes Wurzel schlägt. *Von Bagdad nach Stambul, S. (9) 11*

Wer die Kinder beobachtet, lernt die Eltern genau kennen. So ist es auch mit dem Volke. Eine Nation ist unschwer nach dem Thun und Treiben ihrer Kinderwelt zu beurteilen. Die Arbeit des Kindes ist das Spiel.

Kong-Kheou, das Ehrenwort, S. 337

Vater und Mutter hat man nur einmal. Sind sie gestorben, so hat der Mezarlyk [Kirchhof] den besten Theil des Kindes empfangen, und keine Seele auf Erden meint es mit ihm wieder so gut und so treu, wie die Hingeschiedenen.

In den Schluchten des Balkan, S. (12) 40

Die Eltern haben nur dann Gehorsam zu verlangen, wenn sie für das Wohl ihres Kindes bedacht sind.

Deutsche Herzen, deutsche Helden, S. 1660

Der Mensch findet alles schön, was ihn an seine Heimat, an seine Jugend, an das Glück seiner Kinderzeit erinnert.

Der 'Mir von Dschinnistan, S. (34) 841

Der Mensch ist eine gehende Pflanze, deren Wurzeln doch nirgends anders als in der Jugendzeit ruhen. Aus ihr holt er sich noch im spätesten Alter, vielleicht ohne es zuzugeben oder es auch nur zu wissen, eine Menge geistiger Nahrungsstoffe, ohne welche sein Gemüt verdorren müßte. *»Weihnacht!«, S. 357*

Der Mensch mag sich in späteren Jahren noch so sehr von den Anschauungen seiner Jugend entfernen, bei tiefen seelischen Erregungen wird er aber fast stets zu den Bildern, Ausdrücken und Hilfsmitteln seiner ersten Lebenszeit zurückkehren. *Der 'Mir von Dschinnistan, S. (34) 722*

(...) ein erfahrener Mann weiß, daß aus dem besten Kinde später ein schlimmer Strolch werden kann.

Winnetou I, S. 188

Junges Blut will ausbrausen. Die Alten haben vergessen, daß sie selbst so gewesen sind (...)

Der verlorene Sohn oder der Fürst des Elends IV, S. 1513

In der Jugend pulsirt das Blut rascher durch die Adern, als in späteren Jahren. Darum erscheint Alles vergrößert, das Glück sowohl wie auch das Unglück.

Der verlorene Sohn oder der Fürst des Elends V, S. 1932

Die Jugend träumt gern von der Ferne.

Die Liebe des Ulanen, S. 616

Erziehung und Bildung

Millionen Menschen werden das nicht, wozu sie Geschick hätten, sondern das, wozu sie am allerwenigsten taugen. *Winnetou II, S. 297*

Wer nichts lernen will, aus dem kann nie etwas werden. *Im Lande des Mahdi I, S. 397*

Dinge, für welche man nicht gelehrt genug ist, soll man Klügeren überlassen (...) *Scepter und Hammer, S. 196*

Ich bin gewohnt, jeden nützlichen Rath anzunehmen, er komme, von wem es auch sei (...) *Robert Surcouf, S. 799*

Wenn der Unerfahrene nichts unternimmt, gelangt er eben nicht zu Erfahrung. *Am Rio de la Plata, S. 49*

(...) die Erfahrung hat die Pflicht, die Jugend zu belehren. *Von Bagdad nach Stambul, S. (9) 379*

Was nützt die Erfahrung, wenn man nicht nach derselben handelt! *Der Schut/Anhang, S. 584*

Ein Mann kann viele Jahre zählen und doch weniger erfahren haben als ein jüngerer. *Der Schatz im Silbersee, S. 494*

Sollen Kinder mitbestimmen dürfen, auf welche Weise sie zu erziehen sind? Habt sie lieb; hebt sie empor und macht sie zu Männern! Sind sie das geworden, so mögen sie mit raten und mit tun; eher aber nicht! Es ist stets gefährlich, den Unmündigen eine Macht zu gewähren, deren Ausübung klar und überlegt denkende Köpfe verlangt!

Und Friede auf Erden!, S. 372f.

(...) das eigenmächtige Überschreiten der einem Schüler gezogenen geistigen Grenzen kann leicht zum Unglück für ihn werden (...) *»Weihnacht!«, S. 4*

Die sogenannte »Erziehung« zwingt Millionen Geister in Schablonen. *Im Reiche des silbernen Löwen IV, S. 541*

Die Erziehung aber besteht nicht im Unterricht allein. Man muß individualisiren. *Die Liebe des Ulanen, S. 1539*

Wem eine Menschenblume anvertraut ist, der soll sie pflegen, und wenn sie nicht gerät, so ist nicht allein die Blume schuld! *Christ ist erstanden!, S. 159*

Es ist doch wohl eine Ehre für den Lehrer, wenn er den Schüler so weit bringt, daß dieser schließlich klüger und geschickter als der Lehrer ist. *Winnetou I, S. 424*

Ein guter Lehrer lenkt die Aufmerksamkeit auf seinen Gegenstand, doch nicht auf sich.

Im Reiche des silbernen Löwen IV, S. 241

Man ist nicht Lehrer, nicht Missionar durch Worte allein; man lehrt auch durch die That (...)

Im Lande des Mahdi I, S. 152

(...) ein Lehrer zu sein, ist ein hochwichtiger, ein heiliger Beruf! *Winnetou I, S. 128*

(...) das Leben ist der beste Lehrmeister.

Am Rio de la Plata, S. 12

Daß dann das Leben die eigentliche und richtige Hochschule ist, deren Schüler täglich und stündlich geprüft werden und vor der Vorsehung zu bestehen haben, daran wollte mein jugendlicher Sinn damals nicht denken.

Winnetou I, S. 6f.

(...) wer die Bücher recht und gut verstehen will, der muß sich zuvor fleißig im Leben umgeschaut haben.

Der beiden Quitzows letzte Fahrten, S. 370

Studiert! O wehe! Darauf bildet Ihr Euch jedenfalls viel ein? Und doch sind grad Leute Eurer Sorte am wenigsten befähigt, ihr Glück zu machen. *Winnetou II, S. 19*

(...) ich bin stets der Ansicht gewesen, daß man um so stärker wird, je mehr man leisten muß. *Winnetou I, S. 31*

Wie kommt es wohl, daß nur »unkultivierte« Menschen so bescheiden und zufrieden sind?

Und Friede auf Erden!, S. 216

Ist etwa jeder »Gebildete« ein edler und jeder »Ungebildete« ein unedler Mensch? Ich meine, das, was wir edel nennen, wächst weniger aus dem Wust von Kenntnissen als vielmehr aus der Einfachheit des Herzens heraus.

Und Friede auf Erden!, S. 357

(...) wahre Bildung, also Herzensbildung (...)

Winnetou IV, S. 98

Der Mund des »Unmündigen« spricht oft wirkungsvoller als die Lippe der Gelehrsamkeit.

Im Reiche des silbernen Löwen III, S. 498

Wo sich Gelehrte vergeblich die Köpfe zerbrechen, da findet der ungelehrte Mutterwitz sofort das Richtige.

Im Reiche des silbernen Löwen IV, S. 97

Man hat ein Vorurteil gegen die Gelehrten. Man behauptet, sie seien zwar in ihren Büchern, aber nicht im Leben zu Hause. *Das Vermächtnis des Inka, S. 604*

Ja, die Wissenschaft darf nicht stehen bleiben; sie muß immer vorwärts schreiten.

Deutsche Herzen, deutsche Helden, S. 1184

Die Wissenschaft macht menschenscheu; sie drängt zur Einsamkeit. *Der verlorene Sohn oder der Fürst des Elends I, S. 336*

Einsichten

Auch das Leben ist ein Ganzes. Nicht das Leben tritt in das Geschöpf, sondern das Geschöpf tritt in das Leben ein.

Himmelsgedanken, S. 203

Das Leben gleicht dem Meere, dessen ruhelose Wogen sich ewig neu gebären.

Das Waldröschen oder Die Rächerjagd rund um die Erde, S. 1167

Das Leben ist ernst, die Prosa des selben ist weit mächtiger als die Poesie, welche Alles gern in einem Lichte erscheinen läßt, welches zwar im ersten Augenblick hell und verführerisch aufflackert, dann aber desto rascher verlischt, so daß das spätere Dunkel desto schwärzer und trauriger erscheint. *Die Liebe des Ulanen, S. 375*

Die Wirklichkeit ist kaan Gedicht und kaan Idyll; sie ist hart (…) *Der Giftheiner, S. 699*

(…) das Leben ist ja stets nur Kampf. *Am Jenseits, S. 340*

(…) das Leben ist das höchste Gut der Erde.

Deutsche Herzen, deutsche Helden, S. 488

Einmal muß das Menschenherz glücklich sein (…)

Der verlorene Sohn oder der Fürst des Elends V, S. 1945

Es hat jeder Mensch einmal oder auch öfters Glück. Die Hauptsache ist, daß man es erkennt und sofort zugreift.

Scepter und Hammer, S. 773

(...) das wahre Glück ist etwas ganz Anderes, tief Innerliches. *Der Weg zum Glück, S. 2116*

Und wie es – wenigstens dem Sprichworte nach – mit dem Unglücke ist, so ist's auch mit dem Glücke; es kommt niemals allein. *»Weihnacht!«, S. 9*

Mit dem Glücke ist es gerade wie mit dem Teufel! Wenn es einmal leise lächelt, so beginnt es bald laut zu lachen.

Der verlorene Sohn oder der Fürst des Elends IV, S. 1526

Das Mitleid ist nur für gewisse Fälle löblich; in anderen Fällen beleidigt es den, auf den es fällt. Es giebt eine Art von Unglück, welches man mit edlem Selbstbewußtsein zu tragen hat; Mitleid ist da Demütigung.

Im Reiche des silbernen Löwen I, S. 545

Es giebt Naturen, welche in ihrem Unglücke zu schwelgen vermögen.

Der verlorene Sohn oder der Fürst des Elends V, S. 2176

Auch im menschlichen Herzen folgt den Tagen des Sturmes eine Zeit des Friedens (...)

Die Rose von Ernstthal, S. 187

Zufriedenheit ist mehr werth als äußerer Schein, und ein Schuster, der seine Pflicht erfüllt, ist auch nichts Schlechteres als ein Graf, der das Seinige versteht.

Der Kaiserbauer, S. 197

»Was nennen Sie zufrieden? Zufrieden ist gar nichts; Zufriedenheit ist ein Mittelding, weder warm noch kalt, weder jung noch alt, weder arm noch reich!«
»Und doch trachten Millionen darnach, nur zufrieden sein zu können.«
»Sie werden es niemals sein, weil sie es niemals sein können, weil die Ansprüche des Menschen mit seinen Erfolgen wachsen.« *Die Liebe des Ulanen, S. 1303*

Sie sehen, daß in der Welt manches anders ist, als es scheint. *Der verlorene Sohn oder der Fürst des Elends V, S. 1772*

Es giebt in der Welt Dinge, denen man geradezu als Esel und Dummhut gegenübersteht.

Ein Fürst-Marschall als Bäcker, S. 154

Aan Blendwerk hält nie lange vor, und die Reu ist sicher hinterher. *Der Giftheiner, S. 733*

Es gibt in diesem Erdenleben Augenblicke, in denen man sich nicht ganz so behaglich fühlt, wie man es wünschen möchte. *Der Schut, S. 554*

Man darf sich nicht verwöhnen. *Winnetou III, S. 309*

Was können Vorwürfe helfen, wo überhaupt nicht mehr zu helfen ist! *Winnetou I, S. 4*

Gegensätze berühren sich. *Der Dukatenhof, S. 114*

(...) Blicke ziehen einander bekanntlich an.

Und Friede auf Erden!, S. 2

Es ist nicht jedem Menschen gegeben, zu gleicher Zeit die Tiefe und die Höhe zu erfassen, ohne den eigenen Halt zu verlieren. *Der 'Mir von Dschinnistan, S. (34) 923*

Der Mensch sieht eben nicht weiter, als er kann!

Im Reiche des silbernen Löwen IV, S. 526

Wo das Gute wohnt, baut sich das Uebel immer auch ein Haus. *Im Reiche des silbernen Löwen IV, S. 235f.*

Denn wie auf der Erde das Böse gleich beim Guten und der Schatten gleich beim Lichte steht, so auch das Lächerliche gleich beim Erhabenen.

Der 'Mir von Dschinnistan, S. (35) 603

(...) die beste, fürchterlichste Waffe ist die Lächerlichkeit. Sie siegt über Alles (...)

Der verlorene Sohn oder der Fürst des Elends III, S. 1235

Es gibt Scherze, die grad nur vom Ernst befohlen werden (...) *Der 'Mir von Dschinnistan, S. (35) 888*

Kein Ereignis und keine That bleibt ohne Spur. Es gilt nur, sie aufzufinden. *Satan und Ischariot III, S. 25f.*

Die kleinste Verletzung kann die schlimmsten Folgen tragen. *Satan und Ischariot III, S. 561*

Jede Verletzung will sich ausschmerzen; eher heilt sie nicht. *Old Surehand III, S. 334*

Aber was sind die Leiden des Körpers gegen die Qualen des Geistes.

Waldröschen oder Die Rächerjagd rund um die Erde, S. 35

Ein Kranker giebt sich sowohl dem Schmerze, als auch der Freude leichter hin als ein Gesunder.

Waldröschen oder Die Rächerjagd rund um die Erde, S. 880

Krankheiten machen eben ernst, und Genesungsfreude und Besserungsfreude sind zwei liebe Schwestern.

Im Reiche des silbernen Löwen IV, S. 418

Es ist gewißlich wahr, daß um Genesende sich eine Atmosphäre bildet, welche ethisch reinigend und veredelnd wirkt. *Und Friede auf Erden!, S. 422f.*

(...) nicht jede Medizin schmeckt süß.

In den Schluchten des Balkan, S. (12) 340

(...) der Frohsinn ist der allerbeste Arzt.

Im Reiche des silbernen Löwen IV, S. 383

Wer Heilung finden will, muß aufrichtig sein.

Im Lande des Mahdi I, S. 60

Wer einen Verirrten finden will, muß darauf achten, sich nicht selbst zu verirren. *Der Geist des Llano estakado, S. 714f.*

Warum soll man, wenn man von Achilles redet, grad von der Ferse sprechen! *Im Reiche des silbernen Löwen III, S. 292*

(...) so kann doch die dümmste Kugel den klügsten Menschen treffen. *Old Surehand III, S. 267*

(...) der gerade Weg ist nicht stets auch der kürzere.

In den Schluchten des Balkan, S. (12) 247

Der Gram ist der schlechteste Koch, den es geben kann.

Scepter und Hammer, S. 435

Topfgucker verderben den Brei? *Winnetou IV, S. 506*

Gleichnishaftes

(...) aber das Jahr besitzt einen Sommer und einen Winter, und alle Dinge auf Erden haben zwei Seiten.

Der Oelprinz, S. 634

Es kommt ein Morgen nach jeder Nacht.

Waldröschen oder Die Rächerjagd rund um die Erde, S. 1894

Wenn die Sonne scheint, kann kein Mensch ihrem Strahl gebieten, daß er wegbleibe!

Der verlorene Sohn oder der Fürst des Elends V, S. 1931

Jeder Schatten bedeutet fehlendes Licht.

Im Reiche des silbernen Löwen IV, S. 81

Der Himmel ist das gesündeste Dach.

In den Schluchten des Balkan, S. (12) 338

Nur der Seemann sieht es dem heitern Himmel an, daß trotz dieser Herrlichkeit ein Sturm im Anzuge ist.

Auf fremden Pfaden, S. 339

Geht der Wind, wie er soll? *Am Stillen Ocean, S. 136*

Der Wind will nach seiner Richtung gehen, aber wenn er durch hohe Berge aufgehalten wird, muß er sich in eine andre Richtung wenden. *Der Oelprinz, S. 562*

Wer nach dem Wasser sucht, der darf nicht nach dem Sande der Oberfläche urteilen.

Der 'Mir von Dschinnistan, S. (34) 842

Jedes Wasser hat einen Grund.

Satan und Ischariot III, S. 490

Doch je schneller man ins Wasser springt, desto eher ist man naß. *Kong-Kheou, das Ehrenwort, S. 577*

Nicht jeder Tag ist schön, und unter den Blumen der Prairie gibt es manche giftige. *Der Oelprinz, S. 323*

Wirfst Du die ganze Ernte weg, weil einige Früchte vom Wurm zernagt sind? *In den Schluchten des Balkan, S. (12) 210*

Der Baum, welcher Früchte trägt, soll dieselben nicht für sich behalten. Sie werden ja erst dadurch nützlich, daß sie genossen werden. *Der Schut, S. 616*

Wer die Frucht haben will, muß den Baum schütteln.

Der verlorene Sohn oder Der Fürst des Elends V, S. 2246

Ein geübtes Auge sieht es schon dem Baume an seiner Rinde an, wenn er innerlich faul ist. *Der Oelprinz, S. 549*

Der Baum wirft im Herbst die Blätter ab; wenn er sie aber vorher verliert, so taugt er nichts und soll umgehauen werden. *Der Schatz im Silbersee, S. 406*

Jeder Baum kann einen Feind verbergen, wenn man nicht daheim in seinem Zelte ist. *Der Oelprinz, S. 605*

Der Frosch, der am lautesten quakt, wird zu allererst vom Storch gefressen. *Old Surehand III, S. 316*

Wenn ein Hund dich anbellt, anstatt demütig zu winseln, mußt du ihn deshalb für einen Löwen halten?

Im Lande des Mahdi II, S. 311

Der Fuchs warnt die Henne vor dem Marder, um sie selbst fressen zu können. *In den Cordilleren, S. 205*

Wenn Fuchs und Wolf sich zusammen thun, dann ist das Lamm verloren. *In den Schluchten des Balkan, S. (14) 229*

Wenn man an den Wolf denkt, so ist er da!

Der verlorene Sohn oder der Fürst des Elends III, S. 1063

Der Bär, welcher Honig geleckt hat, geht nicht vom Baume weg! *Der verlorene Sohn oder der Fürst des Elends I, S. 472*

Mit einem Löwen kämpfe ich; einen Wurm aber störe ich nicht, wenn es ihm gefällt, im Koth herumzukriechen.

Von Bagdad nach Stambul, S. (9) 63

Der Löwe bekümmert sich gar nicht um die Maus, die ihn an der Mähne zerrt. *Der Schut, S. 651*

Ein hastiger Renner ist nicht immer das schnellste Pferd.

Von Bagdad nach Stambul, S. (9) 205

Wo ein Pferd steht, muß auch ein Reiter sein.

Am Rio de la Plata, S. 179

Auf das Pferd kommt es an, ob der Reiter vorwärts kann!

Auf fremden Pfaden, S. 145

Wenn man vom Morgengrauen bis zum späten Abend auf dem Pferde hängt, so wird man selbst als Gewohnheitsreiter müde. *Von Bagdad nach Stambul, S. (8) 427*

Grad wenn man sich am wohlsten fühlt, stürzt man am leichtesten vom Pferde!

Der 'Mir von Dschinnistan, S. (35) 786

Gott, Glaube, Religion

Der Glaube trägt eine festere Ueberzeugung in sich, als das stolzeste Gebäude menschlicher Logik sie zu geben vermag. *Durch die Wüste, S. 378*

(…) wohl dem Menschen, der sich aus der glücklichen Jugendzeit seinen Kinderglauben hinüber in die Zeit des ernsten Mannesalters gerettet hat. *Winnetou III, S. 101*

Wir schmähen keinen andern Glauben, denn jeder Glaube führt, wenn auch in seiner Weise, doch nirgend hin, als nur empor zu Gott. *Und Friede auf Erden!, S. 322*

Mir ist kein religiöser Gebrauch, und wenn ich ihn noch so wenig verstehen und begreifen kann, lächerlich (…)
Winnetou I, S. 384

(…) den Glauben aber, den friedlichen Sohn des Himmels, der die Liebe, die Versöhnung predigte, verwandelte man in das Zerrbild seiner selbst, kleidete ihn in das Gewand des Hasses und nahm ihn zum Vorbild des Kampfes bis auf den heutigen Tag. So hat man aus dem Worte »Glaube«, allerdings nicht aus ihm selbst, das Gegenteil gemacht von dem, was er ist und für die Menschheit sein soll, und schüttelt höhnisch lächelnd den Kopf, wenn jemand sich unterfängt, zu behaupten, er führe zur höchsten Erkenntnis und sei der einzige Weg zur Wahrheit.

Am Jenseits, S. 308f.

(...) es giebt so viele Arten der Ungläubigen, daß man wohl zu unterscheiden hat. Der eine ist zu gleichgültig, der andere zu faul, der dritte zu stolz, nach Gott zu suchen; der vierte will sein eigener Herr sein und keinen Gebieter über sich haben; der fünfte glaubt nur an sich, der sechste nur an die Macht des Geldes, der siebente an das große Nichts, der achte an den Urstoff und der neute, zehnte, elfte und die folgenden alle jeder an sein besonderes Steckenpferd. Ich habe weder die Lust noch das Recht, sie zu klassifizieren und ein Urteil über sie zu fällen. Ich habe meinen Gott, und der ist kein Steckenpferd.

Old Surehand III, S. 466f.

Die Abergläubigsten sind ja stets die in religiösen Dingen Glaubenslosen. *Ein Fürst des Schwindels, S. 417*

Nicht nur die Weißen, sondern auch die Roten wissen jetzt, daß alles, was die gegenwärtige Welt uns bietet, weiter nichts als nur ein Gleichnis ist. *Winnetou IV, S. 64*

(...) noch viel besser, als wir dieses wissen, ist es uns auch bekannt, daß alle sichtbaren Dinge dem Schöpfer dazu dienen müssen, uns die Geheimnisse jenes unsichtbaren Daseins zu enthüllen, dessen Gesetzen wir in unserm Innern, in unserm seelischen Leben Rechnung zu tragen haben. *Der 'Mir von Dschinnistan, S. (34) 602*

Wenn eine Religion von mir mehr weiß, als ich selbst, so muß ich vor ihr Respekt haben, ich mag wollen oder nicht. *Im Reiche des silbernen Löwen III, 113*

Der Glaube an die ewige Seligkeit ist bereits der Anfang der Seligkeit. *In den Schluchten des Balkan, S. (12) 340*

Und der Mensch braucht einen Gott; ja er braucht einen! Wie kann man leben und wie sterben ohne Gott!

Old Surehand III, S. 497f.

Mein einziger Wunsch ist Gott. Wer in ihm und in seiner Liebe lebt, braucht keine anderen Wünsche.

Im Reiche des silbernen Löwen II, S. 607

Allah ist überall, wo der Mensch den Glauben an ihn im Herzen trägt. Er wohnt in den Städten, und er blickt auf die Hammada; er wacht über den Wassern, und er rauscht durch das Dunkel des Urwaldes; er schafft im Innern der Erde und in den hohen Lüften; er regiert den leuchtenden Käfer und die blitzenden Sonnen; Du hörst ihn im Jubel der Luft und in dem Rufe des Schmerzens; sein Auge glänzt aus der Thräne der Freude und schimmert aus dem Tropfen, mit welchem das Leid die Wange befeuchtet. Ich war in Städten, wo Millionen wohnen, und ich war in der Wüste, von jeder Wohnung weit entfernt, aber niemals habe ich gefürchtet, allein zu sein, denn ich wußte, daß Gottes Hand mich hielt. *Von Bagdad nach Stambul, S. (11) 82*

Wie Gott will! Unser Blick ist unvermögend, seine Ratschlüsse zu durchdringen. In allem, was geschieht, liegt göttliche Berechnung! *Der 'Mir von Dschinnistan, S. (35) 808*

Gottes Wege erscheinen oft wunderbar, sind aber stets sehr natürliche. *Winnetou I, S. 106*

Es geschehen noch täglich Wunder, doch auf viel einfachere Weise, als sie früher zu geschehen pflegten.

Die Sklavenkarawane, S. 310

Wir sind eben nicht nur von lauter Wundern Gottes umgeben, sondern wir selbst sind das größte derselben. Der Gottesleugner mag mir das bestreiten: ich beklage ihn.

Durch das Land der Skipetaren, S. 519

Was Gott allein wissen darf, das soll der Mensch nicht wissen wollen! *Im Reiche des silbernen Löwen III, S. 71*

Sind wir Kinder Gottes oder seine Sklaven? Wenn er jeden Augenblick deines Lebens, jeden einzelnen deiner Gedanken und Entschlüsse zu bestimmen hätte, wer und was wärest du dann? Ein totes, willenloses Spielzeug seiner Hand. Aber wahrlich, Gott spielt nicht! Das Leben ist kein Spiel und der Mensch kein hölzerner Kegel, den jede Kugel zufällig umwerfen oder ebenso zufällig stehen lassen kann. *Im Reiche des silbernen Löwen I, S. 539f.*

Allah ist kein Tyrann, welcher seine Unterthanen knechtet, sondern ein liebevoller Vater, der keine Sklaven, sondern Kinder hat, die frei und fröhlich seine Wege wallen sollen. *Im Reiche des silbernen Löwen II, S. 413*

Der sogenannte »Herr der Schöpfung« mag sich trotz des vielgerühmten Reichtums seiner geistigen Eigenschaften ja nicht vermessen, daß er von keiner andern Führung abhängig sei als nur von seinem Willen! Mag er es noch so sehr bezweifeln, es giebt einen Willen, der hoch über allem irdischen Wollen erhaben ist.

Old Surehand III, S. 292

Der Mensch glaubt, zu schieben, und er wird geschoben. Tritt ihm ein Ereignis nahe, welches er nicht selbstgefällig auf seine eigene Rechnung setzen kann, obwohl sich später zeigt, daß es von großem Einfluß auf sein Leben ist, so geniert es ihn, einzusehen, daß hoch über ihm eine weise, mächtige Führung waltet, welche ihn nicht um die Erlaubnis fragt, mit ihm tun zu dürfen, was sie für richtig hält, und so hat er das vollständig nichtssagende und inhaltlose Wort Zufall erfunden, mit welchem er zwar seine Ohnmacht eingesteht, weil er nicht anders kann, aber auch keine ihn beherrschende und bewußt handelnde Potenz anerkennt. *Und Friede auf Erden!, S. 144f.*

Ich beneide die Anhänger der Zufallslehre nicht. Sie beugen ihre Häupter vor dem bloßen, aller Intelligenz baren Ohngefähr, vor einem seelen- und willenlosen Etwas, welches ihnen keinen Halt bieten kann, sondern ihnen denselben nur zu rauben vermag. Wieviel glücklicher ist da doch derjenige, welcher glaubt, daß Gottes Auge ihn bewacht und Gottes Vaterhand ihn durch das Leben leitet! Für ihn sinken die in sein Leben eingreifenden Ereignisse nicht zu unmotivierten Vorgängen herab, welche sich auch ganz anders hätten gestalten können, sondern alles, was geschieht, trägt einen zurückgreifenden Grund und eine weise, in die Zukunft blickende Absicht in sich, der man sich mit beruhigendem Vertrauen hingeben kann, obgleich man sie nicht zu begreifen vermag.

»Weihnacht!«, S. 528

Es waltet über uns eine Hand, die um so sicherer alles zum guten Ende führt, je weniger wir sie stören.

Der 'Mir von Dschinnistan, S. (35) 667

Die Weisheit des Schöpfers duldet keinen Ueberschuß und hat von Anbeginn dafür gesorgt, daß alle Gegensätze und Extreme zur wohlthätigen Ausgleichung gelangen.

Orangen und Datteln, S. 73

Wer an einen Gott, an eine Vorsehung glaubt, der wird sehr oft die Erfahrung machen, daß der Lenker der Ereignisse die Fäden derselben grad dann zusammenzieht, wenn man es am Allerwenigsten erwartet und wenn die Hoffnung darauf verschwinden will.

Waldröschen oder Die Rächerjagd rund um die Erde, S. 2390

Wer da noch leugnet, daß es eine ewige Gerechtigkeit giebt, der kein Mensch, ob hier oder im Jenseits, entgehen kann, der mag sich wohl hüten, durch das Walten eben dieser Gerechtigkeit zur Erkenntnis geführt werden zu müssen! Gottes Gerichte sind unabwendbar und gerecht. Jede Schuld muß getilgt werden, ob früh oder spät, hier oder drüben, und kein Schuldiger entgeht der Strafe.

Auf fremden Pfaden, S. 597

Gott ist die Liebe, die Barmherzigkeit; er zürnt dem Reuigen nicht ewig. *Winnetou I, S. 122*

Die Gnade und Barmherzigkeit ist nur für innerlich kleine Leute; wer aber groß zu denken und groß zu werdem hat, der bleibt der göttlichen Gerechtigkeit nicht einen Para schuldig. *Merhameh, Sp. 126*

Was ist der Mensch, der es wagt, sich gegen Gottes Gesetze aufzubäumen? *Der Schut, S. 575*

Gott hat nicht nötig, mit unsereinem zu kämpfen (...)

Der 'Mir von Dschinnistan, S. (35) 813

Wer da behauptet, er habe mit Gott gekämpft, der stellt sich ihm gleich! *Der 'Mir von Dschinnistan, S. (35) 786*

Es war Allahs Wille, daß, um die Vorzüge des Himmels zu erhöhen, auf dieser Erde nichts ganz vollkommen sein solle. *Im Lande des Mahdi II, S. 7*

Allah gibt Wolken, und Allah gibt Sonnenschein. Der Mensch muß nehmen, was Allah gibt.

In den Schluchten des Balkan, S. (14) 146

Der große Geist liebt seine Kinder und erfüllt ihre Wünsche grad dann, wenn sie es für unmöglich halten!

Old Surehand III, S. 62

Allah gibt Gutes und Böses; er erfreut die Seinen und betrübt sie auch zuweilen, um sie zu prüfen.

Durchs wilde Kurdistan, S. (8) 136

(...) so sind alle Menschen, auch du und ich, Sünder, welche nur von Allahs Gnade und Barmherzigkeit leben. Jedes Ereignis, wenn wir es ein Unheil nennen, haben wir reichlich verdient, und dennoch fügt es Allah, daß dieses Unheil, wenn wir es in der rechten Weise auf uns wirken lassen, uns zum Heile und Segen wird.

Im Lande des Mahdi II, S. 406

Vor Gott sind wir alle Bettler!

Der 'Mir von Dschinnistan, S. (35) 332

(...) wenn der Herrgott in seiner Weisheit nimmt, dem giebt er doppelt wieder. Freilich, wer es nicht versteht, die Hand darnach auszustrecken und zuzugreifen, der wird nicht von dem reichen Ersatze und der Heilung aller seiner Wunden reden können.

Im Reiche des silbernen Löwen I, S. 598

(...) Boten kennt der Himmel nicht; er naht sich uns stets selbst! Wenn wir ihn bei uns fühlen, doch ohne ihn zu sehen, so reden wir von Engeln. Dem Auge sichtbar aber wird er uns, wenn gute Menschen seinen Willen tun und darum sich an uns als Engel erweisen.

Und Friede auf Erden!, S. 346

Lieber Zweifler, ich schmeichle mir ganz und gar nicht, dich zu meiner Ansicht, zu meinem Glauben zu bekehren, aber du magst sagen, was du willst, den Schutzengel disputierst du mir doch nicht hinweg. Ich bin sogar felsenfest überzeugt, daß ich nicht nur einen, sondern mehrere habe, ja daß es Menschen giebt, welche sich im Schutze sehr vieler solcher himmlischen Hüter befinden.

Old Surehand III, S. 150f.

Es ist wohl jedem Menschen gegeben, das Walten seines Schutzengels zu bemerken; die einzige Erfordernis dazu ist, daß man sich selbst genau kennt und sich selbst unter steter Kontrolle hält. Nur wer die richtige Selbstkenntnis besitzt und auf sie acht hat, kann unterscheiden, ob ein Gedanke ihm eingegeben wurde oder aus seinem Kopfe stammt, ob eine Empfindung, ein Entschluß in ihm selbst oder außerhalb seines geistigen Ichs entstand. Wieviel Menschen aber besitzen diese genaue Kenntnis ihrer selbst? *Old Surehand III, S. 155*

Wer Gottes Segen wünscht, der ist durch diesen Wunsch ja schon genug gesegnet.

Im Reiche des silbernen Löwen II, S. 616

Wer das Verlangen fühlt, beten zu können, dem steht die

Erhörung schon nahe, denn schon dieser Wunsch ist Gebet, und zwar dasjenige Gebet, welches sicherer in Erfüllung geht als jedes andere.

Der 'Mir von Dschinnistan, S. (35) 781

»Ich sage Euch: das ganze Leben des Menschen soll ein Gebet zum Himmel sein! Jeder Gedanke, jedes Wort, jede That, all Euer Schaffen und Wirken soll ein Gebet, ein Opfer sein, auf der köstlichen Schale des Glaubens zu Gott emporgetragen! Glaubt ja nicht, daß Ihr mit einem einmaligen Gebete große Wirkungen erzielt. Denkt nicht, daß, da Ihr jahrelang nicht gebetet habt und nun plötzlich einmal beten wollt, Euch der Herrgott auch sofort zur Verfügung stehen und Euern Wunsch erfüllen muß! Der Lenker aller Welten ist keineswegs Euer Lakai; dem Ihr nur zu klopfen oder zu klingeln braucht! Auch ist der Himmel kein Krämerladen, in welchem der Herrgott vorschlägt und mit sich handeln lässt. Was giebt es doch in dieser Beziehung für sonderbare Menschen! Da fährt sich der Herr Müller oder Maier Sonntags mit dem Waschlappen über das von den sieben Wochentagen her schmutzige Gesicht, bindet ein frischgewaschenes Vorhemdchen um, nimmt das Gesangbuch in die Hand und geht in die Kirche, natürlich auf seinen ›Stammplatz‹ Nummer fünfzehn oder achtundsechzig. Da singt er einige Lieder, hört die Predigt an, wirft einen Pfennig, zwölf Stück auf den Gruschen, die jetzt nicht mehr gelten, in den Klingelbeutel und geht dann hoch erhobenen Hauptes und sehr befriedigten Herzens nach Hause. In seinem Gesichte ist deutlich die Überzeugung zu lesen, die er im Herzen trägt: ›Ich habe für eine ganze volle Woche meine Pflicht gethan; nun, du Gott, der alles geben kann, thue du auch die deine; dann gehe ich nächsten Sonntag wieder in die Kirche! Wenn nicht, so werde ich mir die Sache überlegen!‹ – Glaubt Ihr, Mr. Surehand, daß es so sonderbare Menschen giebt?«

»Da Ihr es sagt, muß es wohl so sein.«

»O, es giebt solche Maiers und Müllers zu hunderttausenden. Diese Christen sind die größten Feinde des wahren Christentums. Sie stellen sich Gott auf denselben Fuß, auf welchem ein Fuhrherr zu seinem Kutscher steht, der Woche für Woche seinen Lohn ausgezahlt bekommt. Aber geht nun einmal zur armen Witwe, welche von früh bis abends und auch Nächte lang am heißen Waschkessel oder am kalten Wasser des Flusses schafft und arbeitet, um sich und ihre Kinder ehrlich durch das Leben zu bringen! Sie hat sich die Gicht angewaschen; sie spart sich den Bissen vom Munde ab, um ihn den Kindern zu geben; sie hat kein Sonntags- und kein Kirchenkleid; sie sinkt nach vollbrachtem Tagewerk todmüde auf ihr Lager und schläft ein, ohne eine bestimmte Anzahl von Gebetsworten gedankenlos heruntergeleiert zu haben; aber ich sage Euch! ihr ununterbrochenes Sorgen und Schaffen ist ein immerwährendes Gebet, welches die Engel zum Himmel tragen, und wenn die Not, der Hunger ihr ein ›Du mein Herr und Gott!‹ aus dem gepeinigten Herzen über die Lippen treibt, so ist dieser Seufzer ein vor Gott schwerer wiegendes Gebet als alle die Gesangbuchslieder, welche Herr Maier oder Herr Müller während seines ganzen Lebens gesungen hat.« *Old Surehand III, S. 468ff.*

Stelle keine Bedingungen, denn Gott lässt nicht mit sich feilschen! Will er dir gnädig sein, so ist er es ohne Handel. Bete zu ihm, so oft du kannst, denn die Stufen des Gebetes sind es, auf denen er herniedersteigt!

Im Reiche des silbernen Löwen I, S. 608

Glaubt mir, ein inbrünstiges, gläubiges Gebet gleicht einer Hand, welche die Hilfe, die Erhörung aus dem Himmel holt! *Old Surehand III, S. 468*

Wer nicht für Andere beten kann, der soll lieber gar nicht beten. *Und Friede auf Erden!, S. 244*

Vertraue keinem Talisman und keinem Amulett, o Jüngling! Gott allein ist der Retter. Das Gebet vermag mehr als alle Talasim der Welt. *Orangen und Datteln, S. 477*

(...) ich weiß, daß das Leben nicht aus lauter Gebetsübungen bestehen kann. Allah will, daß seine Kinder sich freuen. Es ist also keine Sünde, sich einen Spaß zu machen, welcher Keinem einen Schaden bringt.

In den Schluchten des Balkan, S. (14) 180

Und wo Millionen danken, da wird die Erde zum Himmel. *Winnetou IV, S. 265*

Es giebt einen Heiland für die Menschen und eine Erlösung aus jeder Seelennot (...) *»Weihnacht!«, S. 603*

In dem Augenblicke, in welchem Gottes Sohn zur Erde kam, wurde die Gottesliebe als Menschenliebe incarniert.

Und Friede auf Erden!, S. 323

Das Kreuz ruht in der Erde und ragt zu Gott empor. Das ist das eine, was es bedeutet. Aber es breitet seine beiden Arme aus, um jedermann und alle Welt zu umfangen. Das ist das andere, was es bedeutet. *Winnetou IV, S. 481*

Die Liebe ist das Erkennungszeichen des allein wahren Glaubens (...) *Auf fremden Pfaden, S. 257*

Die wahre Frömmigkeit kennt kein Uebermaß; sie kann überhaupt gar nicht gemessen werden.

Old Surehand III, S. 342

Fromme Leute pflegen streng zu sein.

Old Surehand III, S. 227

Ich gehöre zu den Menschen, denen ihr Glaube höher als alle irdischen Angelegenheiten steht; aber das zudringliche Zurschautragen der Frömmigkeit ist mir verhasst (...)

»Weihnacht!«, S. 141

Aber nicht der Glaube allein ist's, welcher selig macht. Der Baum des Glaubens muß die Früchte der Werke tragen. *Winnetou I, S. 109*

Der liebe Gott steht nur den Guten bei.

Der verlorene Sohn oder der Fürst des Elends III, S. 1109

Ja, Gott schützt den Gerechten (...)

Waldröschen oder Die Rächerjagd rund um die Erde, S. 1916

(...) jeder, der im Leide des Lebens steht, der steht in Gottes Hand und in seines Priesters Schutz!

Das Geldmännle, S. 537f.

Die größte Weisheit ist der Gedanke an den Allmächtigen und Allgütigen. Er macht den Schwachen stark; er beschützt den Unterdrückten; er will nicht, daß der Mensch das Blut seines Bruders vergieße.

Durchs wilde Kurdistan, S. (7) 710

Der Allerbarmer gab dem Menschen den Verstand, um zu denken, und ein Herz, um zu fühlen. Wer nicht die Rede eines Andern überdenkt, und wer nicht die Gefühle seines Bruders empfindet, der hat den Erbarmenden verlassen und verleugnet (...) *Durchs wilde Kurdistan, S. (7) 710*

Wer da behauptet, Gott sei so haarspaltend und pedantisch, daß er nur die weiße Hautfarbe liebe und auf einer ganz bestimmten Art und Weise des Händefaltens bestehe, der lästert ihn, denn er setzt ihn tief unter den gewöhnlichen Durchschnittsmenschen herab. Solche Sünder gegen die Völker- und Menschenrechte gehören eigentlich unter Gewahrsam, weil sie gemeingefährlich sind (...)

Und Friede auf Erden!, S. 134

Ich sage Ihnen, daß Gott der Vater und Schöpfer aller

Menschen ist; die Farbe der Haut macht keinen Unterschied.

Der Oelprinz, S. 104

Gott sieht das Herz an (...)

Der verlorene Sohn oder der Fürst des Elends V, S. 2139

Allah hat alle Menschen geschaffen und ihnen befohlen, Brüder zu sein.

In den Schluchten des Balkan, S. (12) 266

Wenn Allahs Hand an die Güte eines Menschen klopft, soll dieser nicht nach dem Glauben seiner Brüder fragen.

Und Friede auf Erden!, S. 96

Schon Christus will, daß alle Menschen, welcher Nationalität sie auch sein mögen, sich lieben sollen. Und der gute Gott hat uns ja ein Herz gegeben, dessen Sprache so mächtig wirkt, daß vor ihr die Stimme des Parteihasses, der Rache, des Vorurtheiles verstummen muß.

Die Liebe des Ulanen, S. 632

Die Gesittung hat ihren Barbarismus, das Licht seine Schatten, die Liebe ihren Egoismus, und von dem Orte der ewigen Seligkeit aus kann man, wie das Gleichnis von dem reichen Manne und dem armen Lazarus lehrt, herunter in die Hölle blicken, um die Qualen der Verdammten zu beobachten. Christi Liebe, Milde und Erbarmung predigende Lehre ist, vom unduldsamen Zelotismus auf die Spitzen der Schwerter gehoben und von einer schlau berechnenden Eroberungslust in das Panier genommen, über den größten Teil des weiten Erdenkreises gegangen; ganze Rassen und Völker sind verschwunden oder liegen noch jetzt in den letzten, wilden Todeszuckungen; die Geschichte hat durch solche Verluste für ihre zukünftige Entwickelung eine ganze Reihe wichtiger kulturhistorischer Kräfte und Momente verloren, und der Seelenhirt, welcher in die wilde Fremde geht, um die sogenannten Heiden zu bekehren, beachtet nicht, daß die letzteren nach ihren Bedürfnissen glücklicher sind, als wir, und daß unter den korrumpierten Schichten der heimatlichen Nationen sein Wirken notwendiger wäre, als unter den Andersgläubigen, die oft in paradiesischen Verhältnissen leben!

Das ist ein gewaltiger Vorwurf, und es wäre allerdings mehr als beklagenswert, wenn er auf Wahrheit beruhte. Aber ist nicht die Rasse, die Nation, das Volk ebenso ein Individuum wie der einzelne Mensch, welcher geboren wird, sich entwickelt und wieder aus dem Leben tritt, wenn er seine Aufgabe gelöst hat? Schon der Neugeborene trägt die Vorbedingungen des einstigen Todes in allen Teilen seiner Konstitution und seines Organismus. Ebenso die gesellschaftliche Gesamtheit, sie mag heißen, wie sie will. Nicht die Bibel ist schuld, daß der Mensch sterben muß, ebensowenig wie der Koran oder die Veddahs der Indier, und ebenso wenig vermag es das Christentum, die Auflösung der Nationen zu verhindern. Die heilige Lehre von der Liebe und Vergebung wurde uns gegeben, den Tod zu überwinden durch die Vorbereitung und die Zuversicht auf eine bessere, höhere und ewige

Zukunft, und gerade darum, weil der Tod und die Auflösung aller warten, die auf Erden wohnen, hat diese Lehre die hohe und berechtigte Aufgabe, »hinaus in alle Welt zu gehen« und die ganze Erde zu erlösen von der Furcht vor einem Ende, welchem kein neuer Anfang innewohnt. Nicht die Religion hat sich auf die Spitzen der Schwerter gestellt, sondern die Politik der Eroberer ist es gewesen, welche Blut säte, um wieder Blut zu ernten. Die Kirche zählt zu ihren Gläubigen die starken Völker, welche die Vorsehung bestimmt hat, siegreich über den Erdkreis zu schreiten, aber die Kirche veranlaßt sie nicht zu diesem Triumphzuge, sondern sie folgt dem Zuge mit ihren Tröstungen, um den Haß in Liebe, den Schmerz in Freude zu verwandeln und den Fluch, welchen der Besiegte auf den Lippen trägt, in Segen umzukehren.

Am Stillen Ocean, S. 32f.

Der Manitou der Bleichgesichter gibt ihnen die ganze Erde mit tausend Freuden und Wonnen, und dann läßt er sie herrschen über die Seligkeit aller Himmel von Ewigkeit zu Ewigkeit.

Winnetou III, S. 361

Christen-Menschen

Nur Menschen können Christen werden.

Und Friede auf Erden!, S. 591

Ich bemühe mich, ein guter Mensch zu sein, und bin da vielleicht ein Christ, ein besserer Christ als diejenigen, die sich zwar so nennen, aber keine Liebe besitzen und nur nach ihrem Vorteile trachten. *Winnetou I, S. 351*

Wer von seiner Religion und von seiner Kulturform behauptet, daß sie die allein seligmachende und er also ein Auserwählter Gottes sei, der ist eben ein Egoist in der höchsten Potenz, und Religion und Politik sind für ihn nur die Mittel, seine Selbstzwecke zu erreichen. Als Christ will er den ganzen Himmel und als Kaukasier die ganze Erde nur für sich allein haben.

Und Friede auf Erden!, S. 174

»Beobachte die Christen, was sie thun! Gleichen ihre Werke ihren Lehren? Geben sie nicht Lüge anstatt Wahrheit, Strafe statt Verzeihung, Falschheit anstatt Aufrichtigkeit und Krieg anstatt des Friedens?«

»Die das thun, haben gar keinen Glauben; sie nennen sich zwar Christen, sind aber keine!«

Im Lande des Mahdi III, S. 296

Ein Mensch, der im Gefühle seines Christentumes den

Nacken stolz aufrichtet, der ist kein wahrer Christ, der hat nie über sich zu Gericht gesessen, denn hätte er dies nur ein einziges Mal in der richtigen Weise und ohne Selbstgefälligkeit gethan, so würde er recht demütig und bescheiden anstatt stolz geworden sein.

Im Lande des Mahdi III, S. 351

Es ist nicht richtig, die heilige Kirche mit denen zu identifizieren, welche sich Christen nennen; die Christenheit zählt ihre größten Feinde in ihrer eigenen Mitte (…)

Am Stillen Ocean, S. 34

Was sind diese Christen doch für Menschen! Entweder sind sie schlecht, und dann ist ihre Schlechtigkeit so groß, daß man sie nicht zu begreifen vermag. Oder sie sind gut, und dann ist ihre Güte ebenso unbegreiflich.

Winnetou I, S. 327

Warum haben die Abendländischen so viele Wege, so viele Wahrheiten, da es doch nur den Einen gibt, der das Leben ist? *Durch die Wüste, S. 619*

(…) du hältst deine Religion für die richtige und ich die meinige. Jeder hat das Recht und sogar die Pflicht, dies zu thun; darum versuche ich es nicht, deine Meinung zu bekämpfen, am allerwenigsten aber werde ich dich ob derselben schmähen. Dasselbe kann und muß ich auch von dir verlangen. *Die Sklavenkarawane, S. 73*

Dürfte ich doch ein Pionier der Civilisation, des Christenthums sein! Ich würde nicht zurückdrängend oder gar vernichtend unter meine fernen Brüder treten, die ja ebenso Gottes Kinder sind, wie wir stolzen Egoisten; ich würde jede Form der Kultur und auch den kleinsten ihrer Anfänge schätzen; es kann ja nicht der eine Sohn Allvaters grad so wie der andere sein, und nicht dem Eigennutze, sondern nur der Selbstlosigkeit kann es gelingen, mit wirklichem Erfolge das erhabene Wort zu lehren, das »den Frieden predigt und das Heil verkündigt«.

Durchs wilde Kurdistan, S. 319

(…) derjenige Mann oder dasjenige Volk ist der beste Missionar, welcher den Andersgläubigen mehr durch sein Leben als durch seine Lehren zu überzeugen sucht. Ein Gott wohlgefälliges und den Mitmenschen nützliches Leben ist die einzige richtige Vorbereitung des Bodens zu der Saat, die dann allerdings durch die Predigt in Worten zu geschehen hat. *Am Jenseits, S. 129*

»Kennst Du die heilige Schrift und ihre Lehren?«
»Ich habe gesucht und geforscht in ihr, denn es ist das ewige Leben darin; aber der Geist des Menschen ist zu schwach, das göttliche Licht zu ertragen. Ich habe sehr oft wochenlang über ein einziges Wort der Bibel nachgedacht und dabei erkannt, daß ich vermessen handelte. Dann las ich mit dem Herzen und fand das Richtige gleich.«

In den Schluchten des Balkan, S. (12) 340

Das Wort Gottes ist das Senfkorn, dessen Keimen im Verborgenen vor sich geht; hat es aber einmal die harte

Kruste durchdrungen, so wächst es im Lichte schnell und fröhlich weiter. *Winnetou III, S. 365*

Ich behaupte doch immer und immer wieder, daß die Liebe, die christliche Liebe, die größte Macht im Himmel und auf Erden ist, und daß es keinen einzigen Menschen giebt, dessen Herz sie nicht früher oder später zu öffnen vermöchte! *Im Lande des Mahdi II, S. 334*

Dem Christen aber ziemt Geduld.

Der 'Mir von Dschinnistan, S. (35) 471

Die Dankbarkeit ist eine der hervorragendsten Tugenden jedes Christen. *Im Lande des Mahdi III, S. 228*

(...) ich bin ein Christ. Meine Religion sagt mir, daß wir vor Gott alle gleich sind, ob arm oder reich, vornehm oder niedrig, alt oder jung.

Durchs wilde Kurdistan, S. (8) 317

Christ oder Heide; er ist Mensch, und es soll ihm geholfen werden (...) *Die Sklavenkarawane, S. 229*

Fragt der Christ nach der Religion eines Menschen, dem er Gutes zu erweisen hat? *Auf fremden Pfaden, S. 416*

Ich bin ein Christ und gönne selbst dem verächtlichsten Menschen das Leben, denn ich weiß, daß Gott der allein gerechte Richter ist. *Im Reiche des silbernen Löwen I, S. 481*

Ein wahrer Christ weiß, daß die Liebe allmächtig ist und endlich allen Haß überwindet. *Der Schut/Anhang, S. 623*

Der Christ kann Feinde haben, ist aber niemals selbst ein Feind. Seine Rache besteht in der Verzeihung.

Old Surehand I, S. 368

Ein Christ rächt sich nie in seinem Leben, denn er weiß, daß der große und gerechte Manitou alle Thaten der Menschen so vergelten wird, wie sie es verdienen.

Old Surehand I, S. 366

(...) das Christentum lehrt nicht nur die Liebe, sondern auch das Gericht. *Im Lande des Mahdi I, S. 634*

»Du sagtest vorhin, daß der Christ ein Diener der ewigen Liebe sei!«
»Aber er ist auch zugleich ein Diener der ewigen Gerechtigkeit.« *Im Lande des Mahdi I, S. 599*

Ein Christ nimmt nie unrechtes Gut, aber er läßt sich auch von keinem Kurden berauben.

Von Bagdad nach Stambul, S. (8) 493

Ich bin ein Christ und darf infolgedessen keine Grausamkeiten dulden. *Die Sklavenkarawane, S. 438*

Ein Christ spricht nur die Wahrheit; da bedarf es keines Schwures. *Im Lande des Mahdi III, S. 207*

Tod und Ewigkeit

Denn Leben und Tod sind eins. Man kann nicht leben, ohne immerfort zu sterben. Und man kann nicht sterben, ohne dabei das Leben zu erneuern.

Der 'Mir von Dschinnistan, S. (34) 645f.

Es gibt keinen Tod. Das Leben kann uns weder gegeben noch genommen werden, denn es ist nicht in uns, sondern wir befinden uns in ihm. Und am allerfestesten hält es uns dann, wenn es das, was an uns zerstörbar ist, fallen läßt, den Leib! *Und Friede auf Erden!, S. 558*

Als der Mensch zum erstenmal von dem Tode sprach, wurde er, der Tod, im Menschengehirn geboren; aber es war das eine Totgeburt. Und die Gedankenleiche dieses Totgebornen hat man durch Millionen Gehirne und durch Jahrtausende bis auf den heutigen Tag weitergeschleppt und wird sie noch durch die folgenden Jahrhunderte zerren, ohne einzusehen, daß man alle diese lächerliche Furcht und Mühe auf einen Korkuluk (Popanz, Scheuche, Scheman) verwendet!

Im Reiche des silbernen Löwen III, S. 422

Kein Mensch, kein Tier, keine Pflanze, kein Wassertropfen, kein Wort, kein Gedanke kann verloren gehen, kann sich so vollständig auflösen, daß nichts, gar nichts mehr von ihm vorhanden wäre. Alles Vorhandene ist dem

Wandel unterworfen, kann aber nicht in Nichts zerfallen.

Im Reiche des silbernen Löwen III, S. 484f.

Gott verlangt nichts, nichts von uns als nur Liebe, Liebe und immer wieder Liebe, denn sie ist es, außer welcher es keine Macht oder Kraft in der ganzen Schöpfung, weder im Himmel noch auf Erden giebt, wenn wir auch zu schwach sind, dieses herrliche, für uns unfaßbare Gotteswunder zu begreifen. Wir besitzen wohl das Wort, aber wir haben keine Ahnung von dem Wesen und dem Inhalte dessen, was es bezeichnen soll. Wir sind wie Blinde diesem Glanze gegenüber und erst der Tod, der ja kein Sterben ist, wird uns sehend machen.

Im Reiche des silbernen Löwen I, S. 613

Nur Leichen sind's, die Dunkelheit verbreiten; im wahrhaft Lebenden gibt's keine Finsternis.

Und Friede auf Erden!, S. 658

O Mensch, Du schönstes und auch stolzestes der irdischen Geschöpfe, wie bist Du doch so gering und ohnmächtig, wenn die Brandung der Ewigkeit ihre Fluthen über Dich zusammenschlägt! *Von Bagdad nach Stambul, S. (9) 124*

Ein Mann erschrickt nie vor dem Tode, denn der Tod ist »dost insanün, son günahun, iptida saadetün« – der Freund des Menschen, das Ende der Sünde und der Anfang der Seligkeit. *Durchs wilde Kurdistan, S. (7) 696*

Die Angst vor dem Tode kann mächtiger als der Wille sein.
Am Rio de la Plata, S. 274

(…) das Sterben ist gar nicht so schlimm, wie viele denken.
»Weihnacht!«, S. 592

(…) ist dem Sterbenden vergönnt, wenn er von seinen Lieben scheidet, im letzten Augenblicke, wenn die eine Schwinge seiner Seele bereits im Jenseits schlägt, einen Blick in ihre Zukunft zu werfen? Fast scheint es so (…)
Winnetou I, S. 117

Und wohl dem Glücklichen, den ein Scheidender segnet; es ist ein Segen wie von Himmelshand!
Das Geldmännle, S. 540

Der Ort, an welchem Gott eine Seele zu sich ruft, ist ein heiliger Ort.
In den Schluchten des Balkan, S. (12) 247

(…) das mehr oder weniger deutliche Bewußtsein, daß auch du selbst über kurz oder lang so ohnmächtig daliegen wirst, um auf der Wage der Gerechtigkeit gewogen zu werden. Das, das ist die Ursache des Grauens, welches jeder nicht ganz verdorbene Mensch in der Nähe einer Leiche empfindet und nicht von sich abzuwehren vermag!
Am Jenseits, S. 552f.

Die, welche der Sprachgebrauch so fälschlich Tote nennt, haben vielleicht größere Macht über uns, als wir uns denken können.
Und Friede auf Erden!, S. 37

Der Tote ist nur dann und darum tot, wenn und auch weil er Niemand hat, zu dem er sprechen kann!

Und Friede auf Erden!, S. 100

Und doch sollte man am Grabe eines guten Menschen nie trauern; der Tod ist ja der Bote Gottes, welcher uns nur naht, um uns empor zu führen zu jenen lichten Höhen, von denen der Erlöser seinen Jüngern sagte: »In dem Hause meines Vaters sind viele Wohnungen, und ich gehe hin, Euch die Stätte zu bereiten.« Das Leben ist ein Kampf; man lebt, um zu kämpfen, und man stirbt, um zu siegen.

Von Bagdad nach Stambul, S. (8) 571

Die Heimat des Körpers ist das Grab; der andere, edlere Teil des Menschen aber ist im Jenseits daheim, aus welchem er stammt. Irdische Orte können ihm, falls er dort Liebe findet, zu einem vorübergehenden Heime werden, doch nur für hier, nicht aber auch für dort. Oder doch vielleicht? Wo habe ich mir dieses Hier und wo jenes Dort zu denken? Sollte es trotz alledem möglich sein, daß der »sogenannte« Tod nicht die Macht besitzt, dem wirklichen Leben Grenzen zu setzen? Weder räumliche noch zeitliche? *Und Friede auf Erden!, S. 402*

Zeit, Geschichte, Kultur

(...) wir sollen nicht nur an das Ewige denken, sondern auch für die Ewigkeit leben, denn – – – wir leben ja schon in der Ewigkeit. Zeit wird ja nur der winzige Teil von ihr genannt, in welchem der Mensch nach seinen Erdenstunden zählt. *Und Friede auf Erden!, S. 473*

Die Ewigkeit ist vor uns, hinter uns, neben und rund um uns. Wir befinden uns in ihr. Unsere Erde ist eines der winzigen, ununterbrochen im Kreis rinnenden Körnchen der nie sich erschöpfenden, nie sich leerenden Sanduhr der Ewigkeit. *Und Friede auf Erden!, S. 475*

Es ist ein unerbittliches Gesetz, welches Tage an Tage, Wochen an Wochen, Monden an Monden und Jahre an Jahre reiht. Keine Stunde, keine Sekunde darf stehen bleiben; sie geht, sie muß gehen, um der nächsten Raum zu geben, und mit ihnen geht der Mensch mit seinem Denken und Treiben, hinauf oder hinunter, bergan oder bergab, unaufhaltsam und ohne Stillstand, gezogen und getrieben von den guten oder schlimmen Gewalten, denen er die Herrschaft über sich einräumt. Und dieses Steigen und Sinken des Menschen, es ist mit seinen inneren und äußeren Erfolgen nicht nach kurzen Zeitspannen bemerkbar; seine Wirkungen wachsen stät und langsam aus sich heraus, und erst nach Jahren tritt die Veränderung zu Tage. *Der Giftheiner, S. 749*

Der Tau fällt zu seiner Zeit, und die Sonne scheint zu ihrer Zeit. *Auf fremden Pfaden, S. 530*

(...) der Orientale hat ja immer Zeit; er besitzt nicht das mindeste Verständnis für den Wert, den jede einzelne Lebensstunde für die Menschen haben soll und auch wirklich hat. *Im Reiche des silbernen Löwen II, S. 518*

Nie vergeht die Zeit schneller als dann, wenn man sie am nötigsten hat. *Satan und Ischariot II, S. 518*

Keine Zeit, selbst die längste nicht, ist lang, wenn man Geduld hat (...) *Satan und Ischariot I, S. 236*

Man muß dem Glücke Atem gönnen, meine Herren, es mag ausruhen. *Am Stillen Ocean, S. 331*

(...) irdische Ewigkeiten gehen vorüber (...)

»Weihnacht!«, S. 6

Die Zeiten verändern sich, und die Menschen und Völker mit ihnen. *Orangen und Datteln, S. 185*

(...) jetzt aber ist alles anders. Wer da glaubt, in der alten Weise verfahren zu können, der ist verloren.

Winnetou IV, S. 358

(...) das Leben gleicht dem Weltmeere. Die Wogen, welche es wirft, sind nicht die Folgen einer horizontalen Bewegung, sondern die Wasser steigen auf und nieder. Der

Tropfen, welcher sich jetzt, hochaufspritzend, aus den Wellenkämmen erhebt, sinkt im nächsten Augenblicke vielleicht in die Tiefe des Grundes hinab und kommt erst lange Zeit später in seiner Auflösung oder Vereinigung mit anderen Tropfen auf der Oberfläche wieder zum Vorscheine.
So verschwinden auch im Leben der Völker oder des einzelnen Menschen die Ereignisse zuweilen von der Oberfläche und kommen zu unserer Ueberraschung ganz plötzlich an einem Orte und zu einer Zeit wieder zum Vorscheine, wo und wann wir es am allerwenigsten erwartet haben. *Die Liebe des Ulanen, S. 486*

Die Gegenwart schlägt ihre Wurzel stets in die Vergangenheit. Wer die Erstere begreifen will, muß unbedingt die Letztere kennen.

Der verlorene Sohn oder der Fürst des Elends I, S. 103

(...) wer die Vergangenheit nicht achtet, der hat für die Zukunft keinen Wert. *Und Friede auf Erden!, S. 38*

Die Gegenwart ist unsere Vergangenheit gewesen und wird auch unsere Zukunft sein. Wer das begreift, der hat nicht nötig, das Innere der Pyramiden zu durchforschen, und braucht auch nicht vor den Rätseln der Sphinx zu bangen, deren Lösung er klar und deutlich in seinem Herzen trägt. Die Menschheit gleicht der Zeit. Beide schreiten unaufhaltsam vorwärts, und wie keiner einzelnen Stunde ein besonderer Vorzug gegeben worden ist, so kann auch kein Mensch, kein Stand, kein Volk sich rühmen, von Gott mit irgend einer speziellen Auszeichnung begnadet worden zu sein. Eine hervorragende Periode ist nur das Produkt vorangegangener Zeiten, und es gibt in der Entwicklung des Menschengeschlechtes keine Geistesrichtung oder Geistestat, welche aus sich selbst heraus entstanden wäre und der Vergangenheit nicht Dank zu zollen hätte. Die Weltgeschichte, welche wir ja das Weltgericht nennen, hat bisher noch jedes Kapitel der Selbstüberhebung mit einem bestrafenden Schluß versehen und diesen Akt der Gerechtigkeit zur Warnung für spätere Generationen in der ernsten, eindringlichen Sprache der Ruinen aufbewahrt. *Und Friede auf Erden!, S. 23f.*

(...) selbst der Wahn wird heilig, wenn er so lange besteht, daß er durch sein Alter zur Ehrfurcht mahnt.

Im Reiche des silbernen Löwen IV, S. 288

(...) was vergangen ist, soll man als unvermeidlich betrachten und sich die beste Lehre daraus ziehen.

Satan und Ischariot II, S. 149

Die Zeit ist unüberwindlich, und wer sich gegen ihren Willen stemmt, den wirft sie in den Staub und vernichtet ihn! *Der beiden Quitzows letzte Fahrten, S. 387*

Wegen eines Menschen weniger auf der Erde geht die Weltgeschichte keinen andern Gang (...)

Am Rio de la Plata, S. 483

Jede Entwickelung, welche Sprünge macht, ist eine falsche. *Im Reiche des silbernen Löwen IV, S. 90*

Nach jedem Delirium tritt eine Abspannung ein, und einem Jahre der Begeisterung pflegt ein Jahr der Reaction zu folgen. *Die Liebe des Ulanen, S. 613*

Aufgeblasenheit und Mangel an Einsicht! So, genau so sind die Völker kurz vor ihrem Untergange!

Und Friede auf Erden!, S. 40

Die Kultur aber schießt man nicht wie eine Kugel aus dem Laufe heraus. Dazu gehört Zeit, viel Zeit (...)

Der Schatz im Silbersee, S. 62

Wo der Weiße sich mit den eisernen Händen und Füßen des Dampfes sehen läßt, muß der Rote weichen: das unerbittliche Schicksal will es so. Die Maschine ist eine unüberwindliche Gegnerin (...) *Der Oelprinz, S. 424*

Die Kultur schreitet eben unaufhaltsam vorwärts, und indem sie den Wilden immer weiter zurückdrängt, bietet sie ihm doch die Mittel, sich bis zum letzten Manne gegen ihre Gewalt zu verteidigen. *Winnetou II, S. 351*

Geht mir mit einer Civilisation, die sich nur von Länderraub ernährt und nur im Blute watet! Wir wollen da gar nicht etwa nur von der roten Rasse reden, o nein. Schaut in alle Erdteile, mögen sie heißen, wie sie wollen! Wird da nicht überall und allerwärts grad von den Civilisiertesten der Civilisierten ein fortgesetzter Raub, ein gewaltthätiger Länderdiebstahl ausgeführt, durch welchen Reiche gestürzt, Nationen vernichtet und Millionen und Abermillionen von Menschen um ihre angestammten Rechte betrogen werden? Wenn Ihr ein guter Mensch seid, und der wollt Ihr doch gewiß wohl sein, so dürft Ihr Euer Urteil nicht nach der Ansicht der Eroberer richten, sondern nach den Meinungen und Gefühlen der Besiegten, der Unterdrückten, Unterjochten.

Old Surehand III, S. 127

Die Zivilisation hat nicht die Aufgabe der Ausrottung, der Vernichtung. *Der Oelprinz, S. 19*

Es gibt Entdeckungen früherer Zeiten, die wir nun wieder zu entdecken haben, weil sie inzwischen verlorengegangen sind. *Der 'Mir von Dschinnistan, S. (35) 710*

Jede Zeit besitzt ihre eigenen Ideale, denen sie nachzustreben hat. Ob sie erreicht werden oder nicht, es entwickeln sich unaufhörlich neue, andere aus ihnen, welche dieselben Rechte erlangen, der Gegenwart als Muster zu dienen. Wer seine Ideale aus alten, vergangenen Zeiten holt, der hat sie mit häßlicher Gewaltsamkeit herüberzuzerren und setzt dem Menschengeiste Ruinen, anstatt ihm brauchbare Wohnungen zu bauen.

Und Friede auf Erden!, S. 498f.

Die Menschheitsfamilie

Jedes irdische Geschöpf hat eine Berechtigung, zu sein und zu leben; jede Pflanze, jedes Tier, jeder Mensch, jedes Volk und jede Nation darf nach der eigentümlichen Weise, die ihm gegeben ist, sich entwickeln, damit am Baume der Menschheit verschiedene Blüten treiben und verschiedene Früchte reifen, je nach dem Boden, dem sie entstammen, und dem Himmel, der sich darüber breitet.

Auf fremden Pfaden, S. 65

Gleichen Raum und gleiches Recht für Jeden, der zur Menschheit gehört auf Erden!

Und Friede auf Erden!, S. 560

(...) jedes Land hat seinen eigenen Boden und infolgedessen auch seine eigenartigen Entwicklungsformen, seine eigenartigen physikalischen und psychischen Erscheinungen.

Am Stillen Ocean, S. 321

Freilich, wenn man mich fragte, für welche Nationalität ich kein Faible habe, so käme ich wohl in Verlegenheit, denn ich bin ihnen allen, allen gut. Und das soll man ja wohl auch!

Und Friede auf Erden!, S. 189

Ich lasse alle Nationalitäten gelten. Ich bin kein Menschenfresser. Jedes Individuum und so auch jedes Volk hat die Berechtigung zu existiren. Man verkehrt, wenn man ein gebildeter Mann ist, mit jedem Menschen höflich; in ganz derselben Weise so[llen] auch die Völker untereinander verkehren. *Die Liebe des Ulanen, S. 1170*

(...) die Rassen und Religionen sind verschieden, die Menschenherzen aber sind alle eins und einig.

Und Friede auf Erden!, S. 504

Wo steht geschrieben, welche Farbe der Mensch im Paradiese hatte? *Und Friede auf Erden!, S. 578*

Jedes Volk hat nicht nur das Recht, sondern auch die volle Kraft, sich auszuleben. Und jedes Volk hat die heilige Pflicht, andere Völker sich ausleben zu lassen.

Und Friede auf Erden!, S. 137

Wie ein Mensch von dem andern zu lernen hat, so soll auch jedes Volk auf das andere, jede Nation und jede Rasse auf die andere schauen, um ihre Fehler zu vermeiden, ihre Tugenden aber sich anzueignen.

Und Friede auf Erden!, S. 320f.

Kein Mensch steigt ohne die Hilfe anderer Menschen empor. So auch die Völker, die Nationen, die Rassen.

Winnetou IV, S. 397

Wer kann die materiellen Summen und die geistigen Reichtümer berechnen, welche für die Menschheit ungehoben blieben, weil Kulturformen von der Erde verschwunden sind, welche nicht nur trotz, sondern gerade wegen ihrer Eigenart für die Allgemeinheit gewiß unermesslich viel geleistet hätten, wenn es ihnen erlaubt worden wäre, sich bis zur Vollendung ihrer Aufgabe zu entwickeln! *Und Friede auf Erden!, S. 137f.*

Ich meine nun, für die weiße Rasse sei auch die Zeit nun da, sich von ihren zivilisatorischen Anstrengungen auszuruhen, denn es mehren sich die Zeichen, daß sie des Nachdenkens und der Sammlung bedarf. Ihr Körper hat gelitten; die einzelnen Glieder versagen ihr den Dienst; ihre Gedanken verwirren sich, ihre Empfindungen werden hart; ihr Auge hat sich getrübt, und ihr Ohr vernimmt nicht mehr die Stimmen, die es früher gern und willig hörte. Sie sollte ihre Aufmerksamkeit nicht so sehr nach außen, sondern nach innen richten, um die Schäden zu heilen und die Schwächen zu beseitigen, welche Folge der Ermüdung sind. *Und Friede auf Erden!, S. 177*

Ist es für den Menschen denn gar so schwer, dem Bruder auch eine berechtigte Eigenart, eine gleichwertige Individualität zuzutrauen? Muß denn Jeder, der sich erlaubt, anders zu sein, darum gleich als inferior gedacht werden? Man beobachte den Europäer, wie er aus hochmütigen Augen im fremden Lande um sich schaut!

Und Friede auf Erden!, S. 203

(...) aber dann darf auch kein Volk denken, daß es besser als ein anderes sei, weil dieses nicht dieselbe Farbe hat.

Winnetou I, S. 338

(...) das Vorurteil, unser eigenes Vorurteil gegenüber andern Meinungen und andern Rassen! Und dieses Trauerspiel ist keineswegs zu Ende. Vielleicht fällt der Vorhang erst mit dem letzten Menschen. Denn so lange es mehrere, und wären es auch nur noch zwei, Exemplare dieses Wesens gibt, werden sie sich gegen einander überheben. Und der letzte wird dann höchst wahrscheinlich vor Aerger darüber sterben, daß er Niemand mehr hat, der wertloser ist als er! *Und Friede auf Erden!, S. 338f.*

Wie in der Entwickelung der Menschheit im allgemeinen, so machen sich auch in der Entwickelung jeder einzelnen Rasse zwei einander grad entgegengesetzte Bestrebungen bemerkbar, nämlich der Zug der Zerklüftung und der Zug nach Vereinigung, oder sagen wir, der Zug nach Einheit und der Zug nach Vielheit. Die Zerklüftung beginnt ihren Weg bei dem, was man als Menschengeschlecht bezeichnet, geht über die Rasse, die Nation, das Volk, die Stadt, das Dorf immer weiter herab und hört erst beim abgelegenen Einödhof auf, dessen Besitzer sich nur bei gewissen Gelegenheiten darauf besinnt, daß er auch mit zur Menschheit gehört. Das ist der Weg des Patriotismus, der Vaterlands- und Heimatliebe, aber auch der Weg der nationalen Selbstüberhebung, der politischen Rücksichtslosigkeit. Der andere Weg ist dem direkt entgegengesetzt. Er führt zur Vereinigung aller Einzelnen durch einen einzigen, großen Gedanken zu einem einzigen, großen Volk. Welcher von diesen beiden Wegen der Weg zum wirklichen, zum wahren Glück ist, das hat die

Menschheit noch bis heute nicht erkennen wollen, also muß sie es durch bittere Erfahrung kennen lernen.

Winnetou IV, S. 164f.

Daß kein Mensch, kein Volk und keine Rasse Kind und Knabe bleiben darf. Daß jede Savanne, jeder Berg und jedes Tal, jedes Land und jeder Erdteil von Gott geschaffen wurde, um zivilisierte Menschen zu tragen, nicht aber solche, denen es unmöglich ist, über das Alter, in dem man sich nur immer schlägt und prügelt, hinauszukommen. Daß der allmächtige und allgütige Lenker der Welt einem jeden Einzelnen und einer jeden Nation sowohl Zeit also auch Gelegenheit gibt, aus diesem Burschen- und Bubenalter herauszukommen. Und daß endlich ein Jeder, der dennoch stehenbleibt und nicht vorwärts will, das Recht, noch weiter zu existieren, verliert.

Winnetou IV, S. 60

Und da reden und schreiben daheim die G'lehrten, daß die halbwilden Völker weder Herz' noch Seel' besäßen! Sie mögen nur herkommen und sich die Leut' mit eigenen Augen b'sehen! *Die Sklavenkarawane, S. 563*

Auch der Indianer ist Mensch und steht im Besitze seiner Menschenrechte; es ist eine schwere Sünde, ihm das Recht zu existieren, abzusprechen und die Mittel der Existenz nach und nach zu entziehen. *Ein Oelbrand, S. 3*

Wer den Neger nicht für erziehungsfähig hält, wer ihm die besseren Regungen des Herzens abspricht, der begeht eine große Sünde nicht nur gegen die schwarze Rasse, sondern gegen das ganze Menschengeschlecht.

Im Lande des Mahdi I, S. 45f.

Man sage nicht, der Neger fühle nicht so wie wir, er fühlt sogar leidenschaftlicher als wir.

Im Lande des Mahdi III, S. 152

Habe ich mich jemals in Verlegenheit befunden, so war es dann, wenn ich gezwungen war, die Vorwürfe, welche der weißen Rasse von Angehörigen anderer Nationen gemacht wurden, schweigend hinzunehmen. Alles, was man dagegen sagen könnte, hat ja doch keinen Erfolg, wenigstens keinen augenblicklichen. Das Beste, was man dagegen thun kann, ist, in eigener Person und durch den eigenen Lebenswandel den Beweis zu führen, daß derartige Anschuldigungen wenigstens mich nicht treffen. Wollte das ein jeder thun, so würden sie gewiß und bald zum Schweigen kommen. *Old Surehand III, S. 110*

Winnetou liebt alle Menschen, ohne nach ihrem Namen und ihrer Farbe zu fragen.

Der Geist des Llano estakado, S. 763

Es gibt überall fromme und gottlose, treue und untreue, gute und böse Menschen. *Die Juweleninsel, S. 179*

Politik und Gesellschaft

Es ist ein grausames Gesetz, daß der Schwächere dem Stärkeren weichen muß; aber da es durch die ganze Schöpfung geht und in der ganzen irdischen Natur Geltung hat, so müssen wir wohl annehmen, daß diese Grausamkeit entweder eine nur scheinbare oder einer christlichen Milderung fähig ist, weil die ewige Weisheit, welches dieses Gesetz gegeben hat, zugleich die ewige Liebe ist. *Winnetou I, S. 2*

Es ist nichts Neues, daß Gewalt vor Recht geht.

Waldröschen oder Die Rächerjagd rund um die Erde, S. 1533

Und der Fluch unserer Zeit ist, daß wir unser Unrecht in ein heuchlerisches Gewebe von Recht kleiden wollen.

Waldröschen oder Die Rächerjagd rund um die Erde, S. 1533

(…) immer habe ich erfahren, daß der Gewaltige in den Staub sinkt, wenn er von dem Rechte weicht.

Der beiden Quitzows letzte Fahrten, S. 199

Talleyrand sagte, daß der Mensch die Sprache nur habe, um seine Gedanken zu verbergen. Dies ist der Grundsatz des Unehrlichen, der Spitzbuben. Trotzdem ist dieser Grundsatz von den Staatsmännern aller Zeiten und Völker befolgt worden.

Waldröschen oder Die Rächerjagd rund um die Erde, S. 2471

Und wer hoch steht, der haßt die Aufklärung des Volkes, weil sich nur Dumme dumm regieren lassen.

Im Reiche des silbernen Löwen IV, S. 277

Die Menschen haben verlernt, zu gehorchen; sie wollen alle befehlen. *Am Jenseits, S. 321*

Wer keinen Gott anerkennt, dem ist auch kein König, keine Obrigkeit heilig. *Winnetou I, S. 108*

Die Anhänger des Umsturzes sind niemals wirklich moralische Helden.

Waldröschen oder Die Rächerjagd rund um die Erde, S. 2368

(...) ein armer Mann muß der Freund aller großen Herren sein, wenn er nicht aufgefressen werden will.

Die Sklavenkarawane, S. 257

Giebt es nicht einen Schweiß der Armen, der auch zum Himmel schreit, wie Abels Blut?

Im Lande des Mahdi III, S. 352

Hunger thut weh und Durst noch viel weher.

Die Liebe des Ulanen, S. 1462

Die materielle Not ist blind gegen Ideale.

Im Reiche des silbernen Löwen III, S. 625

Die Freiheit ist ein kostbares Gut (...)

Satan und Ischariot III, S. 115

Ein jedes Volk hat das Recht, sich selbst zu regieren.

Das Waldröschen oder Die Rächerjagd rund um die Erde, S. 1670

Jeder Druck, auch der Tyrannendruck, erzeugt Gegendruck, erzeugt Wärme, erzeugt innere Hitze, die nach außen und sich zu befreien strebt. *Winnetou IV, S. 279*

(...) die ganze Erde in ein einziges großes Feld verwandeln, auf dem es nichts als allgemeine Gleichheit geben würde, das wird kein noch so großer Mann und kein noch so mächtiges Volk fertig bringen. Und das ist ein Glück. Durch diese Ausgleichung würde alles Leben auf der Erde bald vernichtet werden.

Im Reiche des silbernen Löwen III, S. 496

Nicht die Geburt gibt dem Menschen seinen Werth, sondern der Mensch ist gerade so hoch oder so niedrig wie seine Gedanken, welche er denkt, seine Gefühle, welche er empfindet, und seine Thaten, welche er thut.

Die Juweleninsel, S. 339

Unsere Schicksale haben uns gelehrt, daß der Mensch nur so viel werth ist, als er selbst wiegt, und daß Rang, Stand und Besitz nur eine sehr nebensächliche, decorative Bedeutung besitzen.

Waldröschen oder Die Rächerjagd rund um die Erde, S. 2611

Bei mir gilt der Mann, nicht aber der Titel.

Am Rio de la Plata, S. 465

Der wahre Adel bricht, wenn es geboten ist, durch jede, auch die rauhste Schale! *Und Friede auf Erden!, S. 268*

Der höchste Adel zeigt sich eben darin, daß er distinguiert (...) *Im Reiche des silbernen Löwen IV, S. 524*

Uebrigens stehen wir uns vollständig gleichwerthig gegenüber. Nur der Zufall ließ mich von Adel sein; Sie aber haben Ihre Kenntnisse, Fertigkeiten und Erfahrungen Ihrem Fleiße zu verdanken. *Die Liebe des Ulanen, S. 60*

Steuern sind erzwungener Tribut. Keiner gibt sie gerne. Werden sie für Werke des Friedens verwendet, so bringen sie Segen. Verlangt man sie aber für Krieg, so bringen sie Fluch. *Der 'Mir von Dschinnistan, S. (34) 522*

Ich sage Euch, daß die Obrigkeit sich vor allen Dingen rein zu halten hat (...) *Winnetou I, S. 120*

Die Obrigkeit darf sich nicht suchen lassen.

In den Schluchten des Balkan, S. (14) 228

Sie wissen, es gibt in jedem Volke derartige Bestandteile, mit denen ohne Kandare nicht auszukommen ist.

Und Friede auf Erden!, S. 198

Der Pöbel ist stets unselbständig; er wird geleitet. Ein einziger kluger und willensstarker Character zwingt der ganzen Menge seine Meinung auf, ohne daß diese Menge es nur bemerkt. Das Publicum schwatzt nach, was ihm dictirt oder soufflirt wird.

Der verlorene Sohn oder der Fürst des Elends III, S. 1234

Er hatte oft erfahren, wie geradezu fascinierend, wie lähmend auch der Mut eines einzigen Mannes auf ganze Massen zu wirken vermag. *Der Schatz im Silbersee, S. 275*

(...) vom Angestaunt- und Bewundertwerden bis zur wirklichen Herrschaft ist ja nur ein kleiner Schritt (...)

Die Liebe des Ulanen, S. 706

Jedes Volk ist den Herrscher wert, den es hat.

Der 'Mir von Dschinnistan, S. (35) 849

Der Volksmund ist ja sehr oft Gottes Mund!

Und Friede auf Erden!, S. 564

Ja, die Geschichte sollte die Mutter der Politik sein!

Auf fremden Pfaden, S. 69

Du verwechselst Religion mit Politik.

In den Schluchten des Balkan, S. (11) 820

Das gesellschaftliche Leben aller Länder und Völker wird von einem Paragraphen beherrscht, welcher lautet: Vornehme Leute stören nie.

Im Reiche des silbernen Löwen III, S. 27

Na, je höher man im Range steigt, desto alberner wird man im Kopfe! *Die Liebe des Ulanen, S. 226*

(…) der Vorgesetzte kommt niemals zu spät (…)

Scepter und Hammer, S. 66

Ein Vorgesetzter muß seinen Untergebenen alle Pflichten erleichtern (…) *Die Liebe des Ulanen, S. 335*

(…) wozu hat man Untergebene, wenn man das Unangenehme nicht auf sie abladen kann!

Das Geldmännle, S. 450

Bei uns [= Kurden] giebt es den geraden, offenen, ehrlichen Raub, bei euch [= Abendländern] den höflichen, den heimlichen, den versteckten. Ihr nennt das Bankerott, Ruin, Krach, Trust, Gründung und Spekulation, womit ihr nicht etwa nur Fremde, sondern eure eigenen Stammesangehörigen schädigt. Ihr setzt den Leuten eure Messer in versteckter Weise auf die Brust (…)

Im Reiche des silbernen Löwen II, S. 475

In Geschäften muß man exact sein.

Der verlorene Sohn oder der Fürst des Elends V, S. 2342

Ich bin Geschäftsmann und pflege scharf zu kalkulieren.

Der Oelprinz, S. 213

(…) der Geschäftsmann aber folgt meist nur der Rücksicht auf das eigene Wohl (…) *Ein wohlgemeintes Wort, S. 36*

Kein Verkäufer wird Dir sagen, wie viel er in Wirklichkeit profitirt (...) *In den Schluchten des Balkan, S. (12) 83*

(...) Handwerk hat einen goldenen Boden, und wer den Mann, der auf diesem ehrenwerten Boden steht, verachtet, der verdient an sich das, was er thut.

»Weihnacht!«, S. 347

(...) jeder Arbeit ihren Lohn! *Die drei Feldmarschalls, S. 131*

Es ist keineswegs ein beglückendes Gefühl, die Aufmerksamkeit Vieler auf sich gelenkt zu sehen. Man frage einen sogenannten »berühmten« Mann, und wenn er nicht bloß berühmt, sondern auch verständig ist, so wird man erfahren, wie teuer er diese Aufmerksamkeit zu bezahlen hat. Er ist durchaus nicht zu beneiden, sondern vielmmehr zu beklagen. Die Oeffentlichkeit ist die Feindin jedes wahren Glückes. *Im Reiche des silbernen Löwen III, S. 478*

Die Zeitungen repräsentieren eine bedeutende Macht.

Winnetou II, S. 31

Wir Journalisten sind es, welche die öffentliche Meinung fabriziren. Wer sich mit uns verfeindet, der ist abgethan.

Der verlorene Sohn oder der Fürst des Elends III, S. 1137

Die Druckerschwärze nimmt alles an.

In den Cordilleren, S. 340

Aber oft ist grad das Schwarze auf dem Weißen die größte Lüge. *Der Weg zum Glück, S. 2358*

Übrigens wissen Sie, daß wir Reporter so halb und halb als Polizisten betrachtet werden müssen.

Der verlorene Sohn oder der Fürst des Elends III, S. 1276

Protokolls aufnehmen und Acten schreiben gewährt keine Unterhaltung. *Die Liebe des Ulanen, S. 263*

(...) Advokaten werden bekanntlich nicht verrückt.

Satan und Ischariot III, S. 381

Ein braver Beamte, zumal Justizbeamte, verdienst die höchste Achtung und möglichste Rücksichtnahme.

Der verlorene Sohn oder der Fürst des Elends IV, S. 1555

Wer wagt es, zu behaupten, daß der richterliche Schiedsspruch, welcher in die tiefsten Tiefen eines menschlichen Seins hinunterlangt, untrüglich sei?

Des Kindes Ruf, S. 345

Welcher Mensch kann behaupten, gerecht zu richten! Der Buchstabe des Gesetzes behandelt alle gleich. Aber die Gerechtigkeit liegt nicht im gleichen Strafquantum; in diesem ist vielmehr ihr Gegenteil, die Ungerechtigkeit zu suchen. *Im Reiche des silbernen Löwen IV, S. 427*

Wahrer und falscher Reichtum

Es ist recht gut, wenn man Geld besitzt; aber es gibt noch höhere Güter. *Kong-Kheou, das Ehrenwort, S. 801*

Der Besitz von Gold und Silber macht nicht den Wert des Menschen aus. Die wahren Schätze ruhen im Herzen: der Glaube an Gott, die Liebe zum Nächsten und das Bewußtsein, stets seine Pflicht erfüllt zu haben.

Old Surehand II, S. 312

Das wahre Glück gründet sich nur auf die Schätze, welche man im Herzen sammelt. *Winnetou III, S. 398*

Das Ideale macht oft glücklicher als das Materielle!

Die Liebe des Ulanen, S. 1303

(...) selbst wenn Ihr Euch im Besitz von tausend Milliarden befändet, so wäret Ihr trotzdem außerstande, sogar dem allerärmsten Teufel auch nur eine Viertelstunde der ihm von Gott gegebenen, vollständig unersetzlichen Lebenszeit zu bezahlen! *Winnetou IV, S. 32f.*

Ein einziger warmer Sonnenstrahl ist dem Erdenleben mehr werth, als aller Goldesglanz, ein Blick des Himmelsblau durch Wolkengrau ist köstlicher, als die Saphire aller Diademe und Kronen, und ein frischer, grüner Grashalm hat für die lebende Natur mehr zu bedeuten, als ganze Hände voll glänzender Smaragde.

Der verlorene Sohn oder der Fürst des Elends I, S. 358

(...) auch ich fühle es, daß man ein Menschenherz höher schätzen kann als alle Reichthümer der Erde.

Waldröschen oder Die Rächerjagd rund um die Erde, S. 414

Wie der Reiche oft ärmer als der Arme ist, so ist auch der Arme oft reicher als der Reiche (...)

Der 'Mir von Dschinnistan, S. (34) 925

(...) ich mag nicht auf dem Geldsacke hocken und vor Angst darüber, daß er mir gestohlen werden könnte, den schönen, gesunden Schlaf einbüßen.

Old Surehand III, S. 237

Und kann der Mensch etwa mehr, als sich satt essen und satt trinken? *Der Geist des Llano estakado, S. 355*

Ein Klumpen Gold oder ein kürbisgroßer Diamant ist gewiß etwas sehr Schönes. Aber ein Schluck frischen Wassers, wenn man rechten Durst hat, ist noch viel besser.

Am Rio de la Plata, S. 666f.

Ich habe niemals zu denjenigen unglücklichen Leuten gehört, welche überall, wo sie hingreifen, einen Hundertmarkschein zwischen die Finger bekommen und überall, wo sie hingehen, über einen Sack mit Sovereigns stolpern; sondern ich gehöre zu jenen beneidenswerten Menschen, welche das süße Bewußtsein haben, heut zu verdienen, was sie morgen brauchen (...)

Winnetou III, S. 256

Wenn ich Geld brauche, so arbeite ich. Da Sie nicht arbeiten wollen und doch Geld verlangen, so scheinen Sie anzunehmen, daß die Arbeit für den einen, das Geld aber für den andern sei? *Freuden und Leiden eines Vielgelesenen, S. 6*

Den Reichtum mühelos geschenkt zu bekommen, das bringt keine Befriedigung; nur das, was man sich erarbeitet und erworben hat, besitzt wahren Wert,

Winnetou I, S. 376

Allah hat gefügt, daß der Mensch ohne Geld nicht bestehen kann. *Im Lande des Mahdi I, S. 410*

(...) der Reichthum pflegt einem jeden ein gewisses Gefühl der Sicherheit, des Selbstvertrauens zu geben.

Die Liebe des Ulanen, S. 164

Die Macht des Geldes wirkt auf den Menschen genau wie jede andere irdische Macht: wohlthätig, so lange er sie beherrscht, verderblich aber, sobald er ihr zu gehorchen beginnt. *Himmelsgedanken, S. 349*

(...) so solltest du doch wissen, daß man sich auf den Reichtum gar nichts einzubilden hat, weil man ihn von Allah nur für einstweilen geliehen bekommt, um denen wohlzuthun, die nichts besitzen! *Am Jenseits, S. 57*

(…) ich gönne meinem Nebenmenschen von Herzen gern Alles, was er hat. Wenn Sie reich sind, so können Sie viel Gutes thun. *Der Schut, S. 742*

Und sollte Winnetou, der Weitsehende und Hochdenkende, grad bei Abfassung seines Testamentes vergessen haben, daß man auch für »wohlthätige edle Zwecke« noch weit Besseres geben kann als nur Gold und immer wieder nur Gold? *Winnetou IV, S. 239*

Man kommt mit offener Hand bedeutend weiter als auf dem Wege des Geizes. *Schamah, S. 100*

Man muß nicht nur geben, sondern auch sparsam sein können! *»Weihnacht!«, S. 66f.*

Wir wollen brav schaffen und sparen, nachhero wird Gottes Segen bei uns sein. *Der Weg zum Glück, S. 1970*

Sparen geht langsamer als alles Andere.
Das Ducatennest, S. 409

Schulden drücken.
Der verlorene Sohn oder der Fürst des Elends I, S. 472

Die Art, wie ich reise, bringt es mit sich, daß ich mich nicht mit großer Ausstattung und strotzendem Geldbeutel auf der großen, belebten Heerstraße bewege. Ich suche Gegenden auf, die fernab davon liegen, und da ist es mit den »Hilfsmitteln«, selbst wenn man sie besitzt, sehr bald zu Ende; sie haben allen Wert verloren, und zur Geltung kommt allein nur die Person, also das, was man ist und was man kann. *Auf fremden Pfaden, S. 324*

(…) aber es ist doch auf alle Fälle angenehmer, einen Begleiter zu haben, dem jeder materielle Vorteil zur Verfügung steht, als einen, welcher den Pfennig dreimal umwenden muß, wenn er ihn auszugeben hat und ihn vielleicht auch dann noch wieder in die Tasche steckt.

Im Reiche des silbernen Löwen III, S. 11f.

Der Weiße vermag den Anblick des Reichthums nicht zu ertragen, nur der Indianer ist stark genug dazu!

Waldröschen oder Die Rächerjagd rund um die Erde, S. 427

Der Glanz und Klang des verführerischen Metalls weckt finstere Dämonen, und nur unter dem Gesetze bewährt es seine segensreiche Macht. *Winnetou III, S. 178*

Es kam eine Art von Rausch über ihn, und in demselben sah er ein, daß solche Reichthümer eine Macht ausüben, ein wahnsinniges Verlangen erwecken können, welches selbst vor den fürchterlichsten Verbrechen nicht zurückschrecken würde.

Waldröschen oder Die Rächerjagd rund um die Erde, S. 429

Krieg und Frieden

Man sagt, die Erde könne schon die Hölle sein. Jawohl; ich glaube es! Doch mit demselben Rechte der Ewigkeit, sich uns schon hier in der Zeit zu offenbaren, kann uns die Erde auch ein Himmel sein. Wenn der Himmel nur von Engeln oder Seligen und die Hölle nur von Teufeln oder Verdammten bevölkert wird, so kommt es ja wohl nur auf die Menschen an, welches von beiden sie sein und wozu sie die Erde machen wollen!

Im Reiche des silbernen Löwen III, S. 628f.

(...) er schien die Hauptaufgabe des Menschengeschlechts in der Entwicklung der völkerschaftlichen Sonderheit und Individualität zu suchen, nicht aber in der sich immer mehr ausbreitenden Erkenntnis, daß alle Stämme, Völker, Nationen und Rassen sich nach und nach zu vereinigen und zusammenzuschließen haben zur Bildung des einen, einzigen, großen, über alles Animalische hoch erhabenen Edelmenschen. Erst dann, wenn die Menschheit sich von innen heraus, also aus sich selbst heraus, zu dieser harmonischen, von Gott gewollten Persönlichkeit geboren hat, wird die Schöpfung des wirklichen »Menschen« vollendet sein und das Paradies uns, den bisher Sterblichen, von neuem öffnen. *Winnetou IV, S. 3*

(...) erst dann, wenn unsere Erkenntnis hindurchgedrungen ist in jene geheimnisvollen Tiefen, aus denen von dem allmächtigen Schöpfer selbst angeordnete weltgeschichtliche Gewalten nach unumstößlichen weltgeschichtlichen Gesetzen weltgeschichtliche Thatsachen emporwachsen lassen aus dem Boden, dessen Produkte wir bisher hinnahmen, ohne uns ihrer Erzeugung zu bemächtigen, dann erst können wir sagen: wir haben Geschichte. Dann werden wir Herren der Ereignisse sein; dann werden wir dieselben zu machen, zu fabrizieren verstehen, wie der Handwerker sein Werk und der Poet sein Gedicht. Dann wird die Geschichte das Kind Politik gebären, welches als Königin des Erdkreises demselben den ewigen Frieden bringt und das Schwert in die Pflugschar verwandelt, denn der Streit, der Krieg wird zur Unmöglichkeit werden, da jeder die Gesetze und Kräfte kennt, nach und mit denen der andere wirkt und handelt. Statt der Konkurrenz der Waffe wird die Konkurrenz des Friedens walten, und die Entwickelung des Menschengeschlechtes wird auf Bahnen geleitet werden, die so hoch über unserer jetzigen Kenntnis liegen, daß wir von ihnen nicht die mindeste Ahnung besitzen. Bis dahin aber wollen wir eifrig nach jenen Tiefen forschen und in Demut bekennen, daß wir noch Stümper sind!

Auf fremden Pfaden, S. 69

Die Erde sehnt sich nach Ruhe, die Menschheit nach Frieden, und die Geschichte will nicht mehr Taten der Gewalt und des Hasses, sondern Taten der Liebe verzeichnen. Sie beginnt sich ihrer bisherigen rohen, blutigen Heldentümer zu schämen. Sie schmiedet neue, goldene und diamentene Reifen, um von nun an nur noch Helden der Wissenschaft und der Kunst, des wahren Glaubens und der edlen Menschlichkeit, der ehrlichen Arbeit und des begeisterten Bürgersinnes zu krönen.

Der 'Mir von Dschinnistan, S. (35) 932

Er weiß, daß der Krieg nur Unheil bringt und das Glück nur im Frieden zu erlangen ist. *Der Oelprinz, S. 702*

Hat der Krieg eine eiserne Hand, so habe der Friede eine stählerne Faust! Nur die Macht imponiert, die wirkliche Macht. Will der Friede imponieren, so suche er nach Macht, so sammle er Macht, so schaffe er sich Macht. Du siehst, daß der Friede niemals wirklich Friede sein kann. Er ist es nur so lange, als er die Macht besitzt, es zu sein. Er hat stets auf Vorposten zu stehen. Sobald er sich beschleichen und überfallen läßt, tritt der Feind an seine Stelle. Alle Rüstung der Erde und alle Rüstung ihrer Völker war bisher auf den Krieg gerichtet. Als ob es unmöglich wäre, in eben derselben und noch viel nachdrücklicherer Weise auf den Frieden zu rüsten!

Der 'Mir von Dschinnistan, S. (34) 84

Es ist verboten, Menschenblut zu vergießen (...)

Im Lande des Mahdi III, S. 116

Einem guten Diplomaten fällt es gar nicht ein, sich auf dem Schlachtfelde tödten zu lassen. Er macht den Krieg, und das andere Volk führt den Krieg. Das ist so politisches Herkommen.

Das Waldröschen oder Die Rächerjagd rund um die Erde, S. 1670

(…) besteht nicht jeder Krieg aus Raub und Mord?

In den Cordilleren, S. 9

Kein Räuber und Mörder darf sein Gesicht mehr hinter einer Heldenlarve verstecken. *Merhameh, Sp. 126*

Mein Glaube gebietet mir nicht, mich feig und unnütz abschlachten zu lassen, sondern er erlaubt mir, das Leben zu vertheidigen, welches mir Gott gegeben hat, um den Brüdern nützlich zu sein und mich auf die Ewigkeit vorzubereiten. *Durchs wilde Kudistan, S. (8) 303*

So lange die Menschheit nicht Frieden hält, darf auch der Friedliche nicht auf die Wehr verzichten.

Im Reiche des silbernen Löwen IV, S. 186

Wenn ich angegriffen werde, verteidige ich mich.

Orangen und Datteln, S. 559

Gegen Gewalt darf man sich wehren (…)

Fürst und Leiermann, S. 85

Menschen töten ist grauenhaft, aber wenn sie einen dazu zwingen, so ist man wenigstens entschuldigt.

Im Lande des Mahdi I, S. 464

Ich liebe den Frieden, doch fürchte ich den Kampf nicht.

Robert Surcouf, S. 810

Es ist ein stolzes Gefühl, einen Feind mit der Waffe in der

Hand besiegt zu haben, und jede Wunde, jede Narbe bringt dem Manne Ehre (...) *Im Lande des Mahdi I, S. 534*

Man nimmt dem Besiegten nur das, womit er schaden kann. *Durch die Wüste, S. 552*

Es gibt ein übermächtiges weltgeschichtliches Gesetz, welches befiehlt, daß der mit dem Schwert Besiegte mit dem Spaten dann der Sieger sei.

Der 'Mir von Dschinnistan, S. (34) 85

Das Blut eines Volkes ist ein kostbarer und fruchtbarer Samen, welcher sicher, wenn auch früher oder später Früchte bringen muß. *Die Liebe des Ulanen, S. 613*

Aber es ist zweierlei, das Leben für sich selbst, für die Seinigen, für sein Vaterland zu wagen oder es um Geldes willen für fremde Interessen aufs Spiel zu setzen.

Am Rio de la Plata, S. 161

Wer wird in wieder tausend Jahren die Länder besitzen, um welche die Gegenwart mit blutigen Waffen wettet? Sind solche Gewinne derartige Einsätze wert?

Und Friede auf Erden!, S. 479

Die Natur und ihre Wesen

Auf mich wirkt die Natur erhebend, und zugleich veranlasst sie mich zur Einkehr in mich selbst. Ich bin ein Teil von ihr und kann sie nicht schauen, ohne mit ihr auch mich zu betrachten. *Im Reiche des silbernen Löwen III, S. 316*

Wer gegen die Natur lebt, darf nicht glauben, daß die Natur gegen ihn kämpfe, sondern er selbst kämpft gegen sich selbst, und dafür wird die Natur ihn richten und strafen. *Der 'Mir von Dschinnistan, S. (35) 786*

Die Natur spricht nicht in artikulierten Worten zu uns, weil ihre Sprache nicht für das Ohr, sondern für das Herz berechnet ist; ihre Laute sollen in die Tiefe dringen, weil sie aus der Höhe kommen; wer ihnen aber die Tiefe seines Innern verschließt, für den werden jene Höhen, aus denen sie erschallen, nicht vorhanden sein!

Und Friede auf Erden!, S. 190f.

Der Wald ist dem Häuptling der Apatschen heilig; er darf nicht vernichtet werden. *Auf fremden Pfaden, S. 538*

Die Natur ist ja Jedermanns Eigenthum (...)

Waldröschen oder Die Rächerjagd rund um die Erde, S. 2602

Wie ist der Schöpfer dieser Blumenwelt so gütig und so lieb! Kann er derselbe sein, der auch die Menschenwelt erschuf? Oder ist die Blume nur deshalb ohne Sünde, weil es ihr, der nur sich Hingebenden, unmöglich ist, sich einen Unterschied zwischen Für und Gegen, zwischen Mein und Dein zu konstruieren? Könnte doch der Mensch so wie die Blume sein!

Im Reiche des silbernen Löwen III, S. 529

Ein böser Mensch ist nicht ein Freund der Blumen.

In den Schluchten des Balkan, S. (11) 788

Das erste Gebot für uns ist, Allah zu lieben; das zweite ist, die Menschen zu lieben, und das dritte ist, die Tiere und überhaupt alle Geschöpfe zu lieben, welche uns dienen sollen, weil Allah sie uns anvertraut hat.

Im Reiche des silbernen Löwen III, S. 86

Jede Kreatur will Liebe haben und giebt sie doppelt wieder, wenn sie empfängt!

Im Reiche des silbernen Löwen III, S. 280

Der Mensch hat auch seinen Tieren Wort zu halten.

Im Reiche des silbernen Löwen III, S. 206

Ja, Tiere sind für die ihnen erwiesenen Wohlthaten oft dankbarer als die Menschen.

Im Reiche des silbernen Löwen III, S. 361

(...) noch kein Mensch hat die Sprache der Tiere zu verstehen gelernt. *Winnetou III, S. 124*

So a Tier hat auch Gedanken; es versteht zu folgern und Erfahrungen zu sammeln, und es kann vorkommen, daß so a Wesen klüger handelt als a Mensch, der sich für g'scheit und weise hält. *Die Sklavenkarawane, S. 282*

Wahrlich, der Mensch sollte doch stets beherzigen, daß das Tier auch eine denkende und fühlende Seele besitzt, welche Liebe und Härte vielleicht tiefer empfindet und besser zu unterscheiden weiß, als wir alle denken! Ich habe zum Beispiele Beobachtungen gemacht, welche mir bewiesen, daß der Hund ein schärferer Menschenkenner ist als der Mensch selbst, und wenn das Tier in dieser Beziehung eine anerkennenswerte Thätigkeit der Seele zeigt, so widerstrebt es mir auch in anderer Beziehung, es für unfähig zu halten. Und doch, wie gefühllos verfährt der Mensch gegen seine Mitgeschöpfe, die ebenso wie er ihr Dasein der Güte des Allliebenden verdanken! Ich glaube nicht, daß er sie dazu geschaffen hat, versengt, verbrüht, verhungernd und verdurstend, an das Marterbrett geschnallt, qualgekrümmt und schmerzheulend auf dem Felde des Tierversuches, der heiligen Vivisektion, zu verenden oder vielmehr, noch lebend schon als Aas behandelt, zu verrecken! Man verzeihe mir diesen unästhetischen, doch wahren Ausdruck! Ich bin ein Menschenfreund und darum auch ein Tierfreund, und beides muß und muß und muß ich sein, weil ich als Christ nicht anders kann! *Am Jenseits, S. 474f.*

Wer imstande ist, einen treuen, gehorsamen, liebesbedürftigen und dankbaren Hund zum blutgierigen Menschenhasser zu verquälen, der ist wohl auch imstande, gegen seinesgleichen so zu handeln (...)

Der 'Mir von Dschinnistan, S. (34) 444

Und wenn ein Hund, ein Pferd oder irgendein Haustier mißrät, mißtrauisch und bissig wird, wer ist schuld daran? Der Mensch, der nicht wie ein Mensch, sondern wie eine Bestie an ihm handelt! *Der 'Mir von Dschinnistan, S. (35) 253*

Auch das edelste Geschöpf hat Furcht vor der Bestie.

Der 'Mir von Dschinnistan, S. (34) 446

Kein Raubtier ist unüberwindlich (...) *Winnetou I, S. 79*

Suchen nach Beute, Raub und Fraß überall! Selbst die Nacht bringt keinen Frieden für die Welt der Tiere!

Im Lande des Mahdi III, S. 351

Es ist unberechenbar, welche Störungen und Umwälzung die Einführung eines neuen Tieres in der ursprünglichen Tierwelt eines Ortes hervorbringen kann. So hat z.B. in Neu-Seeland der flügellose Kiwi der Uebersiedelung des europäischen Hundes nicht widerstehen können, und ebenso droht die dort eingeführte Katze dem Kakapo, einem dortigen Kuckuck, der auf niederen Zweigen zu nisten pflegt, mit dem vollständigen Untergange. Nicht allein die wilden *Völkerstämme* sind es, die bei der Ankunft des weißen Mannes ihr Todesurteil empfangen, auch die Haustiere, welche ihn begleiten, bringen den freien tierischen Bewohnern der Wildnis Verderben und Vernichtung. *Am Stillen Ocean, S. 75*

(...) der Mensch, der sich Herr der Schöpfung dünkt und doch nur von der Gnade Gottes den obersten Platz unter den sterblichen Kreaturen als unverdientes Geschenk erhielt. *Winnetou III, S. 283*

Der Mensch ist Meister der Schöpfung und macht sich selbst ihre starrsten, widerstrebendsten Punkte unterthan.

Die Rose von Kaïrwan, S. 123

Der Mensch ist das schlimmste Raubtier, was es geben kann. *Die Sklavenkarawane, S. 620*

Wenn der Buffalo jetzt ausgestorben ist, so trägt nur der Weiße allein die Schuld daran. *Old Surehand III, S. 427*

Niemand darf von einem Pferde mehr fordern, als es leisten kann. *Im Reiche des silbernen Löwen III, S. 397*

Ja, Pferde küssen! Wer das nicht weiß, der hat sie noch nie beobachtet! *Im Reiche des silbernen Löwen IV, S. 413*

Hunde beißen; das liegt in ihrer Natur (...)

Der Schut, S. 663

Schönheit und Kunst

Die Schönheit ist ewig (...) *Ein Dichter, S. 589*

(...) die wahre Schönheit hat ja eben das Erkennungszeichen, daß sie nicht beschrieben werden kann!

Der 'Mir von Dschinnistan, S. (34) 887

Wo aber die Harmonie fehlt, da kann von Schönheit nicht die Rede sein. *Satan und Ischariot I, S. 24*

Wer ein gutes Gemüth hat, der kann nicht häßlich sein.

Der verlorene Sohn oder der Fürst des Elends V, S. 2395

Die Schönheit macht selbst auf den rohesten Menschen einen nicht abzusprechenden Eindruck.

Das Waldröschen oder Die Rächerjagd rund um die Erde, S. 1775

Und doch war es schön, dieses Gesicht. [Es] besaß jene von innen heraussprechende Schönheit, welche man als Altersschönheit bezeichnet. Sie pflegt das Produkt vielen Leidens und Denkens zu sein. *Winnetou IV, S. 494*

Gefühle sind ja nicht auf das Papier zu bringen.

Im Lande des Mahdi III, S. 565

Die Kunst ist nur dann wirkliche Kunst, wenn sie nach dem Edlen auch auf edlem Wege strebt. Wer da glaubt, er könne dem Hohen durch die Darstellung des Niedrigen dienen, der versteht die Aufgabe nicht, die ihm von Gott, dem Urquell des höchsten Könnens und also auch aller Kunst, geworden ist. *Am Jenseits, S. 336*

Bilder, bei deren Anblick sich das Menschenherz empört, soll man weder mit dem Pinsel noch mit der Feder malen.

Winnetou II, S. 317f.

Sie sollen die wahre Kunst kennenlernen, welche nicht darin besteht, das Irdische abzukonterfeien, sondern das Himmlische im Irdischen nachzuweisen.

Winnetou IV, S. 517

(...) jede wahre Kunst ist göttlicher Natur.

Und Friede auf Erden!, S. 371

Als ob die wahre Kunst, der wahre Künstler irgend einem Zwange zu gehorchen hätte! Im Gegenteile, die Kunst ist die Bezwingende; sie macht sich alles, alles unterthan!

Und Friede auf Erden!, S. 597

Die wahre Kunst genügt sich selbst und macht kein Geschrei (...) *Ein Fürst des Schwindels, S. 403*

Ich besitze nicht einmal den nötigen Verstand, den Begriff »Kunst« definieren zu können, und bin auch weder so weise noch so klug, mir zu sagen: Ja, das ist eben die Kunst, daß man nichts von der Kunst versteht!

Und Friede auf Erden!, S. 577

Nur das Genie gibt neue Rätsel auf, während das Talent sich mit alten, längst vorhandenen beschäftigt.

Und Friede auf Erden!, S. 371

Der wahre Künstler hat stets eigene Gedanken. Er bildet niemals nach, selbst wenn er porträtiert. Er schafft dem vorhandenen Körper Geist und Seele.

Und Friede auf Erden!, S. 370

Und selbst wenn ein Künstler etwas so Hohes und so Herrliches wäre, daß kein anderer Mensch ihn zu erreichen vermochte, so müsste man doch von ihm wohl erst recht die Tugenden fordern, die man an jedem gewöhnlichen Menschen zu sehen verlangt. *Winnetou IV, S. 443*

(...) die Kunst läßt noch viel weniger als das Handwerk jemals einen fertigen Meister geboren werden.

»Karl May als Erzieher«, S. 12

(...) das Leben ist eben der beste Romanschriftsteller. Kein Dichter kann sich die wunderlichen Sachen aussinnen, welche im wirklichen Leben geschehen.

Deutsche Herzen, deutsche Helden, S. 1655

Es ist eine Versündigung an dem Dichter, seine Gedanken in nüchterne, empfindungslose Worte zu kleiden.

Und Friede auf Erden!, S. 387

Dichter haben groß zu sein; vor allen Dingen in sich selbst. *Merhameh, Sp. 126*

Darum wird jeder wahre Dichter viel mehr nach oben als nach unten dankbar sein. Er weiß recht wohl, daß er durch die äußeren Verhältnisse zwar Harfe mit so und so viel Saiten geworden ist, daß es aber wohl keine Harfe gibt, die sich selbst zu spielen vermag.

Und Friede auf Erden!, S. 395

Wahre, wirkliche Gedichte werden nicht gemacht, wenigstens nicht hier bei uns; sie entstehen in jenen Sphären, aus denen die Inspiration auf Engelsflügeln niederschwebt, um dem nach oben lauschenden Poeten die Stirn zu küssen und ihm das Auge und das Ohr für eine Welt zu öffnen, die Anderen verborgen bleibt. Der Dichter ist darum zugleich auch Seher. Das ist das untrüglichste Erkennungszeichen. Wer nicht Seher ist, kann auch nicht Dichter sein! *Und Friede auf Erden!, S. 396f.*

Der Dichter und Schriftsteller hat einen weit größern, entweder schaffenden oder zerstörenden, reinigenden oder beschmutzenden Einfluß, als die meisten Menschen ahnen. Wenn es wahr ist, was die neuere Psychologie behauptet, nämlich »Nicht Einzelwesen, Drama ist der Mensch«, so darf man die Tätigkeit des Schriftstellers unter Umständen sogar eine schöpferische, anstatt nur eine schaffende nennen. Weil ich mir dessen wohlbewußt bin, bin ich mir auch der ungeheuern Verantwortung bewußt, welche auf uns Schreibenden ruht, sobald wir zur Feder greifen. So oft ich dieses Letztere tue, tue ich es in der aufrichtigen Absicht, als Schaffender nur Gutes, niemals aber Böses zu schaffen. *Mein Leben und Streben, S. 233*

Man ahnt gar nicht, was ein kurzes Wort, eine einzige Gedichtstrophe zur rechten Zeit oder am rechten Orte gesprochen oder gelesen, für eine große, nachhaltige Wirkung auf den Menschen haben kann!

»Weihnacht!«, S. 162

Ein Schriftsteller ist gewöhnlich nicht ein Millionär.

Der verlorene Sohn oder der Fürst des Elends III, S. 1069

Ich möchte Den, welcher nicht Herr der Sprache ist, auch niemals einen Dichter nennen!

Der verlorene Sohn oder der Fürst des Elends I, S. 213

(...) der Dialekt ist herz'ger als das Hochdeutsch.

Der Giftheiner, S. 763

Soll ein Buch seinen Zweck erreichen, so muß es eine Seele haben, nämlich die Seele des Verfassers. Ist es bei zugeknöpftem Rock geschrieben, so mag ich es nicht lesen. –

Old Surehand III, S. 342

Selbst dann, wenn einst unser Geschlecht auf Erden ausgestorben ist, wird das Reich der Töne unerforscht geblieben sein.

Im Reiche des silbernen Löwen III, S. 481f.

Die Musik ist vorzugsweise die Kunst des Gefühles, des Herzens (...)

Waldröschen oder Die Rächerjagd rund um die Erde, S. 91

Ein herz- und seelenloser Mensch wird nie ein Lied componiren können.

Der verlorne Sohn oder der Fürst des Elends I, S. 128

Wenn man weiß, welches Lieblingslied ein Mensch hat, so kennt man sein Herz sofort.

Deutsche Herzen, deutsche Helden, S. 1952

Es gibt edle und unedle, vornehme und unvornehme Kritiker. Der Hauptunterschied zwischen Beiden ist, daß die gemeine, ordinäre Kritik persönlich wird, die anständige, künstlerisch ernste aber nie.

An den Dresdner Anzeiger, S. 135

Genüsse

Eine gute, interessante Lektüre soll man genießen, aber nicht wie ein Haifisch verschlingen!

Mein Leben und Streben, S. 148

Ich könnte ohne das Rauchen nicht existieren. Es regt die Nerven an, erhöht die Lebenskraft, begeistert den Menschen für alles Gute und Schöne und gibt eine so sichere Hand, daß man selbst die schwerste und komplizierteste Amputation mit Leichtigkeit auszuführen vermag.

Das Vermächtnis des Inka, S. 116

Trotzdem fällt es mir nicht ein, die anregende Wirkung einer guten, verständig genossenen Zigarre oder Pfeife zu leugnen, und ebensogut ist mir sehr wohl bekannt, daß unsere alltägliche Phantasie am liebsten und wohl auch am bequemsten auf Tabakswölkchen aus der Tiefe in die Höhe steigt. Das Gedächtnis scheint geöffnet und die Seele zur Mitteilung bereitwilliger zu werden.

Winnetou IV, S. 274

Der Tabak giebt Wolken des Duftes, welche die Seele zum Himmel heben. *Satan und Ischariot II, S. 501*

Ich rauche sehr gern, und mir ist nie im Leben eine Zigarre zu stark gewesen. *Winnetou I, S. 154*

Es ist wirklich weit angenehmer, einen Grizzlybären zu verspeisen, als zu erlegen (...) *Winnetou I, S. 125*

Der große Manitou der weißen Männer hat sie viele Künste gelehrt, und das Bierbrauen ist nicht die geringste unter denselben. *Winnetou II, S. 51*

Wen die Geister des Schnapses einmal ergriffen haben, den wollen sie nicht loslassen, den halten sie fest mit ihren Schlangenarmen; es giebt da einen Kampf, einen schweren Kampf; aber der Sieg ist dann auch um so größer und beglückender. *Im Lande des Mahdi III, S. 275*

Das Spiel ist ein Weib, dem man niemals trauen darf.
Die Liebe des Ulanen, S. 162

Das Spiel ist ein großmächtiges Laster! Es bringt die Menschen in's Verderben, in Armuth und Schande.
Der verlorene Sohn oder der Fürst des Elends IV, S. 1623

(...) wie die allgemeine Erfahrung lehrt, daß grausame Leute zugleich Anhänger der wollüstigen Göttin sind (...)
Waldröschen oder Die Rächerjagd rund um die Erde, S. 1758

Reisen

Ich reise um des Reisens willen. Ich bin weder in den Wissenschaften, noch im Handel unterrichtet und erfahren. Der Grund, warum ich reise, ist ganz derjenige eines Spaziergängers, welcher es liebt, sein Auge an abwechselnden Bildern zu ergötzen. *Am Rio de la Plata, S. 48*

Ich reise, um zu lernen, nicht aber, um zu belehren.

Am Rio de la Plata, S. 48

Auf weiten Reisen lernt man am leichtesten alte Vorurtheile ablegen. *Von Bagdad nach Stambul, S. (9) 189*

Wer ein Land, ein Volk nicht nur oberflächlich kennen lernen, sondern wirklich studieren will, der muß trachten, ganz in diesem Volke aufzugehen und auf jedes Band, welches ihn davon abhält, verzichten können.

Im Reiche des silbernen Löwen I, S. 494

Auch ist es eine alte, wohlbewährte Regel der Klugheit, Reisebekanntschaften wenn möglich nur als Episoden zu betrachten. Pflegt man sie später fort, wenn die Wanderpoesie verflogen und verklungen ist, so geschieht es nur zu oft, daß man es zu bereuen hat.

Und Friede auf Erden!, S. 131f.

Wer ein Land kennen lernen will, der muß auch lernen, sich auf die Gaben desselben zu beschränken (...)

Durch die Wüste, S. 419f.

Man derlebt doch sonderbare Sachen, wann man die Nas' in fremde Länder steckt! *Die Sklavenkarawane, S. 507*

Der Reisende hat sehr oft Begegnungen zu verzeichnen, welche geradezu wunderbar erscheinen müssen (...)

Winnetou III, S. 76

Eine Reise per Entreprise oder mit Rundreisebillet wird sehr zahm sein, selbst wenn sie nach Celebes oder zu den Feuerländern gehen sollte. *Durch die Wüste, S. 424*

Der Tourist, besonders der sogenannte »Herdentourist«, hat seine Individualität daheim gelassen und bringt nichts als nur seine Neugierde und seinen Geldbeutel mit (...)

Und Friede auf Erden!, S. 47

Man merkt sich bekanntlich nur diejenigen Orte gut, an denen man Etwas erlebt hat (...)

Durch das Land der Skipetaren, S. 347

(...) man kehrt ganz unwillkürlich und gern an Orte zurück, welche man früher betreten hat.

Satan und Ischariot II, S. 264

(...) ich habe nie zu denen gehört, welche meinen, der Reisende müsse sich demütig und nachgiebig durch die

Völker schleichen. Die Pflicht gegen die Heimat und die Nationalität erfordert, daß man sich als Mann benimmt.

Orangen und Datteln, S. 536

Der Mensch ist überall, in Süd und Nord, auf der Ebene und im Gebirge, ein Kind der Scholle, auf welcher er seine ersten Schritte thut! *Im Lande des Mahdi III, S. 286*

(...) das Heimweh, welchem in der Fremde kein Mensch entrinnen kann, in dessen Brust ein fühlendes Herz schlägt. »Ubi bene, ibi patria« ist ein Spruch, dessen kalte Gleichgültigkeit im Leben nicht allzu oft ihre Bestätigung findet. Die Eindrücke der Jugend sind niemals gänzlich zu verwischen, und die Erinnerung kann wohl schlafen, aber nicht sterben. Sie erwacht, wenn wir es am allerwenigsten denken, und bringt jene Sehnsucht über uns, an deren Weh das Gemüth so schwer erkranken kann.

Von Bagdad nach Stambul, S. (8) 572

Daheim ist's doch am schönsten (...)

Der Gichtmüller, S. 590

Rothäute …

Der Indianer soll sterben, und er wird also sterben, es ist daher unnütz, zu philosophieren; aber man beurteile ihn nicht nach Berichten aus zehnter und zwölfter Hand, auch nicht nach seinen jeweiligen Feindseligkeiten, zu denen er immer wieder getrieben wird; man suche ihn auf, vertraue sich ihm an und lerne ihn kennen! Er ist enthaltsam, gerecht, wahr, treu und tapfer. Hat man ihn betrogen und getäuscht, so verurteile man ihn nicht, wenn er Gleiches mit Gleichem vergilt.

Ein Oelbrand, S. 4

Der Indianer aber kennt gar keinen Religionshaß und ist nur deshalb der Feind der Weißen, weil diese mit unversöhnlicher Feindschaft an seinem Untergange arbeiten. Er wehrt sich seines Lebens, das ist alles.

Im Reiche des silbernen Löwen I, S. 255

Der Rote ist bei weitem nicht der lernfaule Mann, für den er gehalten wird. Stellen Sie ihn nur unter die richtige Leitung, und zeigen Sie ihm, daß Sie seine Menschenrechte achten; dann werden Sie bald sehen, daß er bildungsfähig ist. Wenn Sie ihm allerdings das sogenannte Glück mit Messern und Flinten aufzwingen wollen, so wird er starrköpfig, und das kann ich ihm nicht übelnehmen.

In den Cordilleren, S. 243

Aber die Roten sind eben nicht zivilisiert (...)

Der Schatz im Silbersee, S. 340

Der Weiße gleicht dem gelehrigen Haustiere, dessen Instinkt sich verändert hat, der Indianer aber dem Wilde, welches nicht nur seine scharfen Sinne behalten hat, sondern auch mit der Seele hört und riecht.

Winnetou III, S. 395

Die Wehmut blickt allerdings fast aus jedem indianischen Auge (...) *Winnetou IV, S. 332*

Der Indianer ehrt den Mut und den Stolz selbst an seinem ärgsten Feinde (...) *Winnetou III, S. 450*

Der Indianer ist durch Erziehung geistesgegenwärtig; er handelt in jeder Lage schnell und mit Entschlossenheit.

Der Schatz im Silbersee, S. 473

Der Indianer ist gewohnt, seine Gefühlsregungen zu beherrschen (...) *Satan und Ischariot I, S. 258*

Vielleicht sind die Nerven des Roten auch weniger empfindlich als diejenigen des Weißen.

Der Schatz im Silbersee, S. 339f.

Bei den roten Männern gilt das Wort; die weißen Männer aber verlangen ein Papier mit schwarzen Buchstaben.

Der Schatz im Silbersee, S. 511

Hat man einmal mit einem Roten die Friedenspfeife geraucht, so kann man sich auf ihn verlassen.

Winnetou II, S. 183

Indianer pflegen nichts zu vergessen (...)

Die Juweleninsel, S. 546

Winnetou thut und sagt niemals etwas ohne Grund.

Der schwarze Mustang, S. 446

Der Häuptling der Apachen ist nicht ein Mann der Zunge, sondern der That. *Der Schatz im Silbersee, S. 220f.*

Gegen Fremde sind die Indianer außerordentlich schweigsam; wo es aber gilt, da entwickeln sie eine Redseligkeit, die derjenigen einer deutschen Versammlung keineswegs nachsteht. *Winnetou III, S. 198*

Ich meine die initiative Offenheit, die aggressive Ehrlichkeit. Die besitzt der Indianer nicht. Er hat sie besessen, gewiß; aber sie ist ihm im Umgange mit den niemals worthaltenden Bleichgesichtern verlorengegangen. Er war gezwungen, sich auf die heimliche List zurückzuziehen, und das ist ihm schließlich zum Charakter, zum Merkmal geworden. *Winnetou IV, S. 435*

Bleichgesicht sehen nur mit Augen, Indianer aber sehen auch mit Händen. *Der Schatz im Silbersee, S. 74*

Kein roter Krieger muß (...) *Satan und Ischariot II, S. 44*

Ein Graf hat Knechte, ein freier Indianer aber nicht!

Waldröschen oder Die Rächerjagd rund um die Erde, S. 443

Der Indianer erträgt den Hunger mit Leichtigkeit, aber wenn er einmal ins Essen kommt, so leistet er auch mehr, als man für menschenmöglich hält.

In den Cordilleren, S. 422

Der Wilde pflegt früh aufzustehen, und begiebt sich infolgedessen sehr zeitig zur Ruhe. *In den Cordilleren, S. 449*

Für den Indianer hat der geringste Gegenstand, den ein anderer als unnütz liegen lassen oder wegwerfen würde, noch immer seinen, und zwar vielleicht großen Gebrauchswert. *Satan und Ischariot II, S. 137*

Ein kluger Krieger wird sogar von seinem größten Feinde lernen! *Der schwarze Mustang, S. 342*

(...) und jedermann weiß, daß man die Weißen viel mehr zu fürchten hat als die Roten.

Der Geist des Llano estakado, S. 713

Es giebt mehr weiße Spitzbuben als rote!

In den Cordilleren, S. 179

Ein Indianerhäuptling ist nichts weniger als ein absoluter Herrscher; er wird vom Stamme gewählt; er behält seine Würde, so lange er sich durch Erfahrung, Klugheit und Kühnheit zu halten weiß, aber er kann in jedem Augenblick durch die ›Versammlung der Alten‹ abgesetzt werden und ist dann weniger, als er vorher war.

Old Surehand I, S. 108f.

Es gibt Romanschriftsteller, welche die Indianerfrauen als rechtlos, als die Sklavinnen ihrer Männer schildern. Das ist grundfalsch. In Wahrheit hat es schon Indianerfrauen gegeben, welche Häuptlinge gewesen sind. Die Stellung der Frau wird besonders auch dadurch erhöht, daß die Erbfolge sich gewöhnlich in weiblicher Linie vollzieht.

Winnetou IV, S. 418

Eine Squaw gehört zu ihren Kindern, nicht aber in den Rat erwachsener Männer. *Satan und Ischariot I, S. 390*

Ein tüchtiger Krieger ist zu stolz, sich an seinem Weibe zu vergreifen (...) *Old Surehand I, S. 593*

(...) doch ist es bei den Indianern den Frauen und Töchtern nicht erlaubt, mit den Männern und Söhnen zu essen. Sie essen später und müssen nehmen, was übrig bleibt, dafür aber alle, selbst die schwerste Arbeit verrichten. *Winnetou I, S. 499f.*

… und Westmänner

Die Prairie ist für jeden offen (…)

Im Reiche des silbernen Löwen I, S. 9

In der Prairie wird man schneller bekannt und vertraut, als in den Salons der Großstädte.

Waldröschen oder Die Rächerjagd rund um die Erde, S. 1596

Die Prairie ist wie die See; sie läßt denjenigen, der sie kennen gelernt und lieb gewonnen hat, niemals wieder von sich. *Winnetou I, S. 127*

Nicht nach der Gestalt allein will ein Westmann beurteilt sein; der Geist hat weit höhern Wert.

Der Schatz im Silbersee, S. 153

Obgleich im fernen Westen keine Rangesunterschiede gelten, ist man doch gewöhnt, hervorragenden Jägern mit besonderer Achtung zu begegnen.

Der Geist des Llano estakado, S. 571

Der Geist der Savanne duldet nicht die Macht des gleißenden Metalles, und in den »dark and bloody grounds« wiegt jeder gerade so schwer wie die Gefahr, der er die kühne Stirn zu bieten wagt. *Der Brand des Ölthals, S. 116*

Ein guter Jäger muß ein klein wenig eitel sein, und

Fürsten sind wir Alle, nämlich Fürsten der Wildniß, des Waldes und der Prairie.

Waldröschen oder Die Rächerjagd rund um die Erde, S. 395

Nur keine Umstände machen in der Prairie.

Der Schatz im Silbersee, S. 113

Der Westmann ist nicht wählerisch (...)

Der Schatz im Silbersee, S. 460

Der echte Prairiejäger gibt nichts auf Glanz und Sauberkeit. Je mitgenommener er aussieht, desto mehr hat er mitgemacht. Er betrachtet einen jeden, der auf sein Aeußeres etwas gibt, mit souveräner Geringschätzung.

Der Sohn des Bärenjägers, S. 106

Der richtige Westmann muß vor allem richtig denken können. *Winnetou I, S. 144*

Das Leben im wilden Westen ist der Bildung voller Körperformen nicht günstig, doch schafft es eiserne Muskeln und Sehnen wie Stahl. *Old Surehand I, S. 171*

Bei einem Westläufer giebt es eben keine freie Stunde; hat er nichts anderes zu thun, so übt er sich.

Satan und Ischariot II, S. 170

(...) der Westmann ist es gewöhnt, keinen Unterschied zwischen Tag und Nacht zu machen (...)

Old Surehand III, S. 44

Der Westmann pflegt, wenn er liegt, auch ohne zu schlafen, gern die Augen zuzumachen, weil er dann um so schärfer hört. *Auf fremden Pfaden, S. 528*

(...) das Leben in der Wildnis schärft die Sinne bis zur höchsten Potenz (...) *Winnetou III, S. 331*

Es ist die große Kunst des Westmannes, selbst bei der äußersten Anspannung aller seiner Fähigkeiten und Gefühle äußerlich vollständig teilnahmlos zu erscheinen.

Der schwarze Mustang, S. 156

Ein guter Prairiemann muß für alle Fälle vorbereitet sein.

Winnetou III, S. 51

Der Prairiejäger befindet sich stets in Gefahr, er ist an sie gewöhnt.

Waldröschen oder Die Rächerjagd rund um die Erde, S. 391

Angst? Fällt uns gar nicht ein! Wenn man sich im wilden Westen vor allem, was geschehen kann, ängstigen wollte, käme man aus der Angst gar nicht heraus (...)

Der schwarze Mustang, S. 283

(...) für den Westmann kann jede Begegnung leicht eine feindliche sein. *Satan und Ischariot III, S. 91*

Man muß im wilden Westen stets wissen, was für Menschen man vor sich hat. *Old Surehand III, S. 176*

Du weißt ja, daß es eine Gewohnheit jedes erfahrenen Westmannes ist, gefährliche Leute sich niemals in den Rücken kommen zu lassen. *Winnetou IV, S. 44*

Wenn zwei Jäger einige Wochen lang beisammen gewesen sind, so lesen sie sich die Gedanken an den Augen ab.

Winnetou III, S. 90

(...) der wilde Westen hat seine eigene Art von Zartgefühl (...) *Der Schatz im Silbersee, S. 127*

(...) hier im Westen aber nimmt jeder seine Sache in die eigene Hand. *Der Schatz im Silbersee, S. 75*

Ein rechter Westmann tut niemals halbe Arbeit.

Winnetou III, S. 60

Nun, ein guter Westmann konstruiert sich aus zwei Fußstapfen einen ganzen langen Weg von hier bis meinetwegen ins Kanada hinein, und es ist gar selten, daß er sich dabei irrt. *Winnetou II, S. 21*

(...) ein echter, rechter Trapper oder Fallensteller kümmert sich nicht darum, ob das, was ihm zu tun beliebt, von Andern gutgeheißen wird. *Winnetou III, S. 308*

Ein Prairiemann läßt sich nicht so leicht einsperren. Und wenn es ja einmal geschieht, so weiß er ganz genau, wie er es anzufangen hat, um wieder an die schöne Atmosphäre zu kommen. *Satan und Ischariot III, S. 56*

Ein ächter, rechter Westmann ist niemals ein Trinker (...)

Das Waldröschen oder Die Rächerjagd rund um die Erde, S. 1854

Die einzigen und wahren Genüsse finde ich im wilden Westen, und für die hat man nichts zu bezahlen.

Old Surehand II, S. 607

Auch im Westen hat der Mensch Bedürfnisse.

Der Schatz im Silbersee, S. 42

Auch das rauhe Herz eines Weltläufers fühlt zuweilen, daß es im Innern des Menschen hinter öden, einsamen Flächen auch Höhen gibt, welche die Sonne mit ihrem Strahle vergolden und erwärmen darf.

Von Bagdad nach Stambul, S. (8) 527

Als Junggeselle Westmann sein, ist keine Kunst. Aber sich noch als Westmann geberden, wenn man schon längst verheiratet ist und seine Frau bei sich hat, das wird einem jeden vernünftigen Mann so fern wie möglich liegen!

Winnetou IV, S. 361

Die Deutschen

Ja, der Mensch ist zuweilen ein höchst sonderbarer Kerl, zumal wenn er – – ein Deutscher ist!

Winnetou IV, S. 463

Ein Almani oder Nemsi ist keines Menschen Feind; wir lieben den Frieden und halten Allahs Gebote (…)

Satan und Ischariot II, S. 340

Nur ein Deutscher thut seine Pflicht und vertraut auf Gott.

Die Liebe des Ulanen, S. 1303

(…) die Deutschen sind brave Männer (…)

Old Surehand II, S. 137

Wahrhaftig, die Deutschen sind ein höchst ideales Volk!

Am Rio de la Plata, S. 49

In Alemania giebt es tapfere, kluge und fromme Leute.

In den Cordilleren, S. 385

Wir Deutschen sind ehrliches Leuten!

Deutsche Herzen, deutsche Helden, S. 237

Allah ist groß, und ihr Deutschen seid klug.

Im Lande des Mahdi I, S. 143

Ihr Deutschen seid wegen eurer Gelehrtheit bekannt (...)

Winnetou III, S. 249

Es fällt mir zwar nicht ein, die Deutschen für lauter Pfiffikusse zu halten, aber ein dummes Volk sind sie auch nicht.

Satan und Ischariot II, S. 319

»Und doch habe ich gehört, daß der Deutsche ein Herz hat, wie kein Anderer, so tief und so weich. Er soll sogar ein Herzenswort besitzen, welches in keiner anderen Sprache vorkommt.«
»Sie meinen das Wort »Gemüth«? Ja, dieses Wort hat kein anderes Volk. Der Deutsche allein hat ein Gemüth, aber er hat zugleich einen Charakter (...)«

Waldröschen oder Die Rächerjagd rund um die Erde, S. 398

Beurtheile die Deutschen nicht falsch. Sie haben harte Köpfe. Sie sind lange Zeit still und geduldig; aber wenn sie einmal einen Entschluß gefaßt haben, so führen sie ihn auch aus.

Waldröschen oder Die Rächerjagd rund um die Erde, S. 884

Der Deutsche ist der Phlegmatiker in der europäischen Völkerfamilie. Unter seinem ruhigen, anspruchslosen, scheinbar gleichgiltigen und träumerischen Wesen verbirgt sich eine außerordentlich kraftvolle, widerstandfähige Constitution. Seine sprichwörtlich gewordene Geduld giebt ihm den Anschein eines Menschen, den man ungestraft am Barte zausen könne; aber unter dieser äußeren Ruhe verbirgt sich ein reges Ehrgefühl, welches, wenn rücksichtslos beleidigt, sich plötzlich gewaltig emporbäumt, und dann pflegt der so falsch beurtheilte »deutsche Michel« ein ganz anderer Kerl zu werden. Er geht dann gerade auf seine Feinde los und schlägt mit dem Kolben so machtvoll drein, daß es »flutscht«; wie der alte Blücher zu sagen pflegte. *Die Liebe des Ulanen, S. 808*

Aber so sind diese Deutschen, mild, nachgiebig und duldsam, mehr als jeder Andre, aber nur bis zu einem gewissen Punkte; wird dieser verletzt, so giebt es eine Explosion, der Niemand zu widerstehen vermag. *Ein Dichter, S. 552*

Der Charakter des Deutschen scheint mir mehr ein passiver, als ein activer zu sein. Er schreitet nur dann zur Vergeltung, wenn er mit Gewalt dazu getrieben wird.

Die Liebe des Ulanen, S. 641

Das deutsche Volk besteht aus Helden, aus lauter unüberwindlichen Kriegern, die sich selbst vor der Hölle und dem Teufel nicht fürchten.

Im Reiche des silbernen Löwen II, S. 105

Ja, diese Deutschen verstehen sich auf den Dienst.

Die Liebe des Ulanen, S. 1661

(...) ein Deutscher wird, wenn er Ehre besitzt, nicht gegen sein Vaterland conspiriren.

Die Liebe des Ulanen, S. 1305

Man sagt, daß die deutsche Frau ein Muster der Treue,

Häuslichkeit, Sparsamkeit und Unbescholtenheit sei, eine zärtliche Frau und eine liebevolle, verständige Mutter, die sich allerdings keine Abgötter erzieht.

Die Liebe des Ulanen, S. 1170

Dem Deutschen ist es überall zu wohl!

Von Bagdad nach Stambul, S. (9) 88

Wenn der Deutsche lustig ist, so singt er ganz gewiß: »Ich weiß nicht, was soll es bedeuten, daß ich so traurig bin.«

Satan und Ischariot I, S. 178

Man mag von diesen Deutschen denken und sagen, was man will; aber Lieder haben sie, Lieder und Melodien wie kein anderes Volk. *Satan und Ischariot III, S. 140*

Die Deutschen trinken immer Bier, und sie sind klug, daß sie es thun. *Old Surehand II, S. 4*

Die Einsichten des Don Quixote
oder
Warum Karl May auf keinen Fall unterschätzt werden sollte

Es ist mit dem Erzählen eine ganz eigene Sache; das muß angeboren sein …
Der schwarze Mustang, S. 30

Karl May ist ein Autor, bei dem alles auf die Wiederbegegnung ankommt. Im Stadium des Heranwachsens war es noch ganz einfach. Hier hat er, mit seinen klassisch gewordenen Jugend- und Reiseerzählungen zumal, viele verzaubert, geriet er mit seiner abenteuernden Mythenbildung für Generationen zur festen Größe im Psychohaushalt. Karl May: das ist ein Synonym intensivster Leselust der frühen Jahre, bei der man, nicht nur in der Phantasie, selbst zum Handelnden wurde.

Nimmt man die Bände jedoch als Erwachsener wieder zur Hand, dann stellt sich allzu leicht Enttäuschung ein, so weitgehend bisweilen, dass man nachgerade eine Art Scham empfindet, der Magie dieses Autors einmal verfallen gewesen zu sein. Häufig mag nun eine Abrechnung mit Karl May folgen, die ihn stellvertretend für die verschwundene Gestimmtheit der Jugend verantwortlich macht.

In der Sache grundlos ist diese Reaktion nicht. Natürlich öffnet der im In- und Ausland wohl noch immer meistgelesene Autor deutscher Herkunft einer vernichtenden Bilanz Tür und Tor. Als allzu schlicht, ja simpel entpuppt sich die Machart seiner Arbeiten, in denen unablässig intrigiert, überlistet, gefangen genommen und befreit wird, bevor die Bösewichter ihre gerechte Strafe erhalten. Zur immer gleichen Variation bestimmter Handlungsmuster gesellen sich mancherlei Stereotypen in der Figurenzeichnung, das Operieren mit Klischees und Schemata, teils sogar jenem blanken Kitsch, für den in Handbüchern Winnetous Tod gern als Beispiel zitiert wird. Da das Ende leicht vorhersehbar ist, leidet auch der Spannungsbogen, mögen davor noch so häufig heikle Situationen eingefädelt werden. Eitelkeit und Rechthaberei der überlegenen Ich-Figur gehen einem ebenso auf die Nerven wie ihre moralische Penetranz. Dass all dies sich mit formalen und stilistischen Schludrigkeiten verbindet, rundet das nachträgliche Missvergnügen ab, und es steht zu befürchten, dass dem Lesenden darüber etliche erzählerisch gelungene Passagen entgehen – unter ihnen fast durchgehend die Anfänge der Geschichten.

Selbst in seinem ehrgeizigen Alterswerk mit dem Anspruch des Qualitätssprungs vom Abenteuerschriftsteller zum wegweisenden dichterischen Visionär führt May den Kampf um Bedeutung im Wissen darum, dass ihm nur begrenzte Möglichkeiten zu Gebote stehen. Entstanden ist es nach dem biographischem Einschnitt, wo sich die Eindrücke der großen Orientreise 1899/1900 – der ersten wirklichen des Autors – mit der Reaktion auf eine zeitgleich einsetzende, bis zum Tod des 70-jährigen 1912 nicht mehr abreißende Pressekampagne kreuzen, die, begleitet von heftigen persönlichen Angriffen, seinen Büchern jeden Wert abspricht. Auch deshalb treibt ihn literarisch nun nichts Geringeres um als die Lösung der tiefsten Menschheitsprobleme.

Worauf es bei dem ernüchterten Leser hinauszulaufen vermag, wäre also die Degradierung seines einstigen Helden zum Produzenten lebensgeschichtlich abgelegter Lesestoffe, die nicht mehr ganz ernst zu nehmen sind. Gerade angesichts der langen Mängelliste aber ist die – auch sonst jederzeit anzuratende! – Bereitschaft entscheidend, dem vermeintlich Offensichtlichen zu misstrauen und sich, versuchsweise wenigstens, auf eine andere Perspektive einzulassen, den literarischen Fall Karl May sozusagen ein drittes Mal aufzurollen. Und siehe da: ganz so einfach liegen die Dinge denn doch nicht! Jenseits von früher Verklärung und nachmaliger Verwerfung ließe sich jedenfalls eine überraschend ergiebige Vielschichtigkeit entdecken.

Ein Wink in die richtige Richtung könnten zunächst einmal prominente, vor allem kollegiale Referenzen für May sein – dessen Spuren, in Erinnerung wie Rezeption, bis in die jüngste Schriftstellergeneration hinein reichen. Was ist das für ein Autor, den sowohl Adolf Hitler wie Helmut Schmidt oder Helmut Kohl mit glühenden Wangen lasen? Kann jemand wirklich belanglos sein, in dem Heinrich Mann sehr nachdrücklich »einen Dichter« vermutete, oder dessen »grelle, knallige« Werke Hermann Hesse, literaturtypologisch betrachtet, »unentbehrlich und ewig« nannte? Wenn es nach Erich Loest geht, der selbst einen höchst lesenswerten Roman über seinen sächsischen Landsmann geschrieben hat, haben wir gar »ein Naturtalent« vor uns, wie es »nur alle hundert Jahre geboren« wird. Und Werner Bergengruen deutete eine Polarität an, die sämtliche grobschlächtig banalisierenden Kritiker auf kluge Weise beschämt: »Karl May ist naiv zu genießen oder von einem höheren Punkte aus. Seine Gegner sind Leute, welche die Naivität verloren, jenen höheren Punkt aber nicht einzunehmen gewußt haben.«

Eine weitere Hilfe steht für Leser mit der wissenschaftlichen Literatur bereit. Was May betrifft, hat sich seit der 1969 erfolgten Gründung der ihn im Namen führenden Gesellschaft eine stattliche Forschung etabliert, deren Gegenstand mittlerweile einer der meistinterpretierten Autoren der Jahrhundertwende ist. Ihr Wert besteht zumal in der Aufarbeitung von Kontexten, die für sein Verständnis unerlässlich sind. Vielfach wird dabei der Nachweis geführt, dass die May-Lektüre unter mehreren Gesichtspunkten und auf verschiedenen Ebenen Erkenntnisse befördert, der Defizite dieser Texte im Einzelnen ungeachtet. Nichts ist ja aufregender als die hohe Kunst der Differenzierung, der Sinn für Uneindeutigkeiten im scheinbar Eindeutigen. Solche Mischverhältnisse eben sind es, die May zu einem spannenden, teilweise sogar bedeutenden Autor machen. Manches tritt in ihnen zutage, das der Massenrezeption verborgen geblieben ist – manches ferner, für das May im zeitgenössischen literarischen Kontext fast ein Alleinstellungsmerkmal zukommt.

Auf seine berühmteste Konstellation vermag sich schon das erste einiger hier wenigstens flüchtig angedeuteter Schlaglichter zu richten. Mit dem ethnisch verschiedenen Freundespaar Winnetou – Old Shatterhand setzt May natürlich ein das Genre des Indianerromans prägendes Muster von Coopers *Lederstrumpf* fort. Weiter aber ist kein deutscher Autor gegangen, als ausgerechnet einen Nicht-Weißen zum »Prototyp« des kommenden »neuen Menschen« zu erheben. Am Ende seiner sich über mehr als drei Jahrzehnte hinweg erstreckenden Metamorphosen nämlich, im vierten Band der nach ihm benannten Reihe, mutiert Winnetou zum roten Menschheitsheiland. Das Erhabene, wie oft bei May, vermengt sich indes mit dem Bizarren. Nicht zuletzt vom Kapitalismus nordamerikanischer Prägung angewidert, setzt er in den gleichen Jahren seine Hoffnung auf das Entstehen einer »germanisch-indianischen« Mischrasse.

Fest steht jedoch, dass dieser wunderliche Autor für untergehende Völker mehr als nur Sympathie aufbringt. Unterfüttert von der Konzeption einer Menschheits-umspannenden Kultur der Verschiedenheit, in der jeder ethnisch und national besondere Beitrag von Belang ist, fordert er – ohne im einzelnen deswegen selbst von Vorurteilen frei zu bleiben – vielmehr deren Lebensrecht ein. Im Zeitalter des Imperialismus ist dies nicht eben selbstverständlich. Sein Roman *Und Friede auf Erden!* hatte es objektiv verdient, als Widerspruch zur Ostasien-Politik des deutschen Kaiserreichs kritisiert zu werden. Mut und Standfestigkeit Mays sind zu loben, just im Rahmen eines Projekts zu deren Affirmation von der vorgesehenen Linie abzuweichen. Auch bei diesem Themenkomplex überschneiden sich jedoch zwei gegensätzliche Motive: der Überzeugung vom unerbittlichen Gang der Geschichte steht eine Ethik des Respekts und Mitleids gegenüber.

Diese schöpft wesentlich aus religiösen Quellen. Wie überhaupt der Glaube – weit über die bürgerliche Haltung der Zeit hinausgehend! – das innerste, leidenschaftlichste Anliegen Mays ist. Gottesbezug und Humanität sind dabei nicht voneinander zu trennen. Der Mitarbeiter katholischer Zeitschriften – von Bischöfen als Gegenbild zur »verderblichen Romanlitteratur« der Zeit gepriesen, und, als sich herausstellt, dass er nicht ihrer Kirche angehört, von katholischen Theologen und Publizisten befehdet –, hebt in seinen Altersbriefen immer wieder hervor, es könne »keiner ein guter Christ oder ein guter Israelit sein, der nicht vorher ein guter Mensch geworden ist.« Auf seine Weigerung, Differenzen zwischen Ewigkeit und Zeit, zwischen Tod und Leben anzuerkennen, beruht das ihm von Arno Schmidt verliehene, völlig berechtigte Prädikat des »bisher letzten Großmystikers unserer Literatur«.

Darin ebenfalls den Intellektuellen seiner Zeit voraus, hat May das Entwicklungspotenzial des Islams erkannt. Einen ›schlafenden‹ »Riesen« nennt er ihn. (Da es weitläufigerer

Kommentierung bedürfte, blieb dieses Thema hier übrigens bewusst ausgespart.) Selbstverständlich überzieht er die andere Religion mit kontroverstheologischem Sperrfeuer, um die Überlegenheit des Christentums zu demonstrieren – in der Theorie jedenfalls, während die praktische Politik der ›christlichen‹ Mächte ungerechtfertigt bleibt. Zu den menschheitsgeschichtlichen Visionen des Spätwerks gehört – wie es in Notizen zu seinem Versdrama *Babel und Bibel* heißt, einer »Arabischen Fantasia« – ausdrücklich »die *friedliche Versöhnung des Morgenlandes mit dem Abendlande* und damit die Lösung dieser brennenden Frage unserer Zeit«. 1906 geschrieben, wird ein Jahrhundert später niemand behaupten, dass dieses Postulat Staub angesetzt hätte.

A propos solcher Durchblicke auf Aktuelles: Als der zweite Irak-Krieg ausbrach, stellte eine der angesehensten deutschen Tageszeitungen auf ihrer politischen Kommentar-Seite den zweiten Band des *Silberlöwen*-Zyklus vor. (In der bekannt gewordenen Bearbeitung des Karl-May-Verlags trägt er den Titel *Bei den Trümmern von Babylon.*) Mehr als eine nur geographisch-situative Pointe lässt sich daraus schlagen, wenn man Mays grundsätzliche Einstellung zum Krieg ergänzt. Der Hausherr der Radebeuler »Villa Shatterhand« und Bertha von Suttner, die unermüdliche Propagandistin des internationalen Pazifismus, sind einander in wechselseitiger Wertschätzung verbunden. »Wir brauchen *Männer des Geistes, Männer des Wissens und der Kunst*«, schreibt May 1906 an seinen Malerfreund Sascha Schneider: »Die wachsen aber nicht bei Wagram oder Waterloo! Und unsere Schlachten werden nicht mehr von sogenannten *›Männern und Helden‹* entschieden, sondern durch gute Stiefelsohlen und chemische Teufeleien, durch Druck und Drill, durch Hunger und Fieber, durch wohlberechneten Transport, durch Riesenanleihen und andere sehr unrühmliche

Dinge (…)«. Es gibt ungleich größere Autoren, die – als diese Prognose sich nur wenig später schrecklich bestätigte und noch danach – Fahrlässigeres, Dümmeres und Gefährlicheres zu diesem Thema abgesondert haben als der literarische Außenseiter Karl May – dessen deutscher Superheld Old Shatterhand/Kara Ben Nemsi bei aller Dominanz übrigens nie ein bloßer Kraftmeier ist, der weltweit für Ordnung sorgt.

Soweit einige Bemerkungen unter dem Gesichtspunkt der Gegenwart. Vor allem aber ist May auch eine zentrale Schlüsselfigur für die Deutung seiner eigenen Zeit. Viele ihrer virulenten Phänomene bilden seine Werke auf zuweilen eigenwillige, oft untergründige oder verfremdete Weise ab. Auch deshalb tragen diese dazu bei, Zustände und Befindlichkeiten der deutschen Gesellschaft des Kaiserreichs zu erhellen. Doch so sehr der Autor dieser Epoche verhaftet ist, widerspricht er zugleich ihrem mainstream. Der unausgelebte Drang nach Freiheit schafft sich etwa in der Prärie eine Gegenwelt, die das heimische Milieu ebenso spiegelt wie verabschiedet.

Als Typus ist May eine der interessantesten Figuren des 19. Jahrhunderts. Modellhaft lässt sich anhand seines Werdegangs nachvollziehen, wie menschliches Unglück produktiv verwandelt werden kann und das Schreiben als gleichsam therapeutischer Ausgleich zu wirken vermag. Der begabte Sohn »blutarmer Webersleute« aus dem Erzgebirge, der verkrachte Hilfslehrer an einer Armenschule, der ehemalige Kleinkriminelle und Zuchthäusler, der sich 1875, im Alter von 33 Jahren, zunächst als Redakteur bei einem Verleger von »Schundromanen« verdingt: er flüchtet in eine selbst geschaffene, mit omnipotenten Wunschphantasien ausgestattete Welt. »Fast alles«, schreibt Ernst Bloch, »ist nach außen gebrachter Traum der unterdrückten Kreatur, die großes Leben haben will.« Und sollten tatsächlich nur Kinder Märchen mit krassen Entgegensetzungen brauchen? May jedenfalls, bei dem die Imagination ungleich höher entwickelt ist als das Realitätsprinzip, hat man mit Recht eine Nähe zu Frühformen menschlichen Bewusstseins attestiert.

In der nachträglichen Überkompensation erlittener Demütigungen besteht die Urszene dieses Autors, der sich in einem seiner Bücher einmal ein »literarisches enfant terrible« nennt. Doch auch viele Motive im Detail weisen auf lebensgeschichtliche Situationen oder eine gesteigerte Durchlässigkeit seines Ichs für Impulse des Unbewussten hin, deren literarische Übersetzungen nicht nur psychologisch faszinieren, sondern als strukturbildende Leistung anerkannt zu werden verdienen. Auf dem Höhepunkt seiner Beliebtheit, als ab 1892 die »Reiseerzählungen« in Buchform zu erscheinen beginnen, verliert er endgültig die schon durch die Ich-Form seiner Texte aufgeweichte Distanz und lässt sich im Kostüm seiner Wunschexistenzen Old Shatterhand und Kara Ben Nemsi fotografieren. Wenn man so will, ist das Maskenspiel »dieses ehrwürdigen Don Quixote der Indianerromantik« – wie der expressionistische Lyriker Albert Ehrenstein ihn nannte – Signum für die ganze Ära des Wilhelminismus. Eine kulturgeschichtliche Parallele findet es in den Inszenierungen Wagners und Nietzsches. Beiden begegnen wir übrigens in Mays Werken: der Komponist tritt in dem Kolportageroman *Der Weg zum Glück* höchstselbst auf, der Philosoph verschlüsselt im *Silberlöwen III/IV* und dem *'Mir von Dschinnistan.*

Das vorliegende Buch kommt einer elementaren Neigung Mays entgegen. Von dem alten Westmann Sam Hawkens auf den für ihn nicht einsehbaren Zweck seiner Schriftstellerei angesprochen, antwortet der Ich-Erzähler im ersten Band der *Winnetou*-Tetralogie, er möchte »der Lehrer meiner Leser (...) sein« – und »nebenbei Geld (...) verdienen«. Im Spätwerk ist sein Selbstbild ausdrücklich sogar das des ›Predigers‹. Gegen Widersacher reagiert er mit einer Schrift *»Karl May als Erzieher (...)«* (1902). Solche didaktischen Absichten schlagen sich von Anfang an in mit Bedacht eingestreuten Einsichten, Ratschlägen und Sentenzen nieder, bei denen es sich sozusagen um harte Kerne im Netzwerk seiner Texte handelt. Einige Aphorismen hat er selbst der Gedichtsammlung *Himmelsgedanken* beigegeben.

Alle Phasen und Entwicklungsstufen des vieltausendseitigen Prosawerks sind in unserer Auswahl einbezogen: Heimat-, Geschichts- und Abenteuererzählungen vor exotischem Hintergrund, ausladende Fortsetzungsromane, Jugend- und Reiseerzählungen und das pathetische Spätwerk – sehr sparsam dagegen nur, weil ausdrücklich diskursiv, die autobiographischen und Kontroversschriften aus der letzten Lebenszeit. Die Zusammenstellung vermag Kontinuitäten und Akzentverlagerungen bei den einzelnen Themen sichtbar zu machen. Gehaltlich erstreckt sich die Bandbreite von eher Hausbackenem und Handfestem bis hin zu kühnen Spekulationen und verblüffenden Einsichten – stellvertretend sei nur an die des von den Menschen verursachten Kippens der Ökosysteme erinnert. Der Leser wird sich immer wieder einmal bei dem Gedanken ertappen, das oder jenes May nie zugetraut zu haben. Manches ergänzt, antwortet und relativiert sich. Manches, auf das er Wert legt, kommt seinem erzähltechnischen Verfahren sehr zupass – das Rechnen mit wunderbaren Fügungen oder der Hinweis, dass Freunde einander wenig schreiben sollen – was umso einfacher ihr unvorhergesehenes Zusammentreffen ermöglicht. Die jeweilige Situation und Figurenperspektive der Zitate wird hier nicht verraten. (Ganz überwiegend folgt letztere aber dem Helden-Ich oder Sympathieträgern.) Dass sich die Anthologie nicht zuletzt einer Schwebelage zwischen

Spiel und Ernst verdankt, ist ebenso unnötig zu betonen wie der Hinweis, wie leicht sie dick hätte anschwellen können. Wichtigstes Ziel war die beispielhafte Freilegung der Linien seines Denkens, um ein aufmerksames Wiederlesen dieses in vieler Hinsicht so merk-würdigen Schriftstellers anzuregen, vielleicht sogar Neugierde auf die erste Lektüre zu wecken.

Energisch verwahrt der späte May sich gegen die Behauptung, er »habe, und zwar nur zur Unterhaltung unfertiger Menschen, weiter nichts als ganz gewöhnliche Indianer- und Beduinengeschichten geschrieben«. Recht hat er! Ihn auf »ein Unterhaltungskarnickel der dummen Jungens und Mädels« zu reduzieren, würde nicht nur sein »ernstes Wollen« im Alter völlig verfehlen, sondern das gesamte Werk, mag es auch noch so viele Reibungsflächen bieten. Und so wird ein kritisch geläuterter Leser zu Karl May immer ein doppeltes Verhältnis einnehmen: ebenso respektvoll wie augenzwinkernd – wobei die Waage sich letztlich doch zugunsten der Achtung neigen dürfte!

Hans-Rüdiger Schwab

Editorische Notiz

Zitiert wird, in deren jeweiliger Orthographie, nach folgenden Vorlagen:

• Reiseromane und -erzählungen: *Der Schut/Anhang* (1892); *Winnetou I–III* (1893); *Orangen und Datteln* 1893); *Am Stillen Ocean* (1894); *Am Rio de la Plata* (1894); *In den Cordilleren* 1894); *Old Surehand I/II* (1894/95); *Im Lande des Mahdi I–III* (1896); *Old Surehand III* (1896); *Satan und Ischariot I–III* (1896/97); *Auf fremden Pfaden* (1897); *»Weihnacht!«* (1897); *Am Jenseits* (1899); *Im Reiche des silbernen Löwen I–IV* (1898–1903); *Und Friede auf Erden!* (1904); *Winnetou IV* (1910); sämtlich EA im Rahmen der bei Fehsenfeld/Freiburg i.Br. erschienenen »Gesammelten Werke«.

• Die Erstdrucke in DH wurden verwendet bei: *Durch die Wüste* (u.d.T. *Giölgeda padišhanün*, VII–1880/81); *Durchs wilde Kurdistan* (u.d.T. *Giölgeda padišhanün* und *Reise-Abenteuer in Kurdistan*, VII/VIII–1880/82); *Von Bagdad nach Stambul* (u.d.T. *Die Todes-Karavane, In Damaskus und Baalbek* und *Stambul, Der letzte Ritt*, VIII/IX–1882/83 und XI–1884/85); *In den Schluchten des Balkan* (u.d.T. *Der letzte Ritt* und *Durch das Land der Skipetaren*, XI/XII–1885/86 und XIV–1888); *Durch das Land der Skipetaren* (XIV/1888); *Der Schut* (u.d.T. *Durch das Land der Skipetaren*, XIV–1888); *Der 'Mir von Dschinnistan* (XXXIV/XXXV–1907–09). Sofern erforderlich, enthält der Zitatnachweis hier vor der Seitenzahl in Klammern die Nummer des Jahrgangs.

• Jugenderzählungen: *Der Sohn des Bärenjägers* (GK I–1887); *Der Geist des Llano estakado* (GK II–1887/88); *Kong-Kheou, das Ehrenwort* (GK III–1888/89); *Die Sklavenkarawane* (GK IV–1889/90); *Der Schatz im Silbersee* (EA 1894); *Das Vermächtnis des Inka* (GK VI–1891/92); *Der Oelprinz* GK VIII–1893/94); *Der schwarze Mustang* (GK XI–1896/97).

• Frühe und Lieferungs- bzw. Kolportageromane: *Der beiden Quitzows letzte Fahrten* (Feierstunden am häuslichen Heerde I–1876/77); *Scepter und Hammer* (AD IV–1880); *Die Juweleninsel* (AD V–1880–82); *Waldröschen oder Die Rächerjagd rund um die Erde* (EA 1882–84); *Die Liebe des Ulanen* (Deutscher Wanderer VIII–1883–85); *Der verlorene Sohn oder der*

Fürst des Elends I–V (EA 1882–84); *Deutsche Herzen, deutsche Helden* (EA 1885–88); *Der Weg zum Glück* (EA 1884–86).

• Einzelerzählungen: *Die Rose von Ernstthal* (Deutsche Novellen-Flora 1874); *Unter den Werbern* (Deutsches Familienblatt II–1876/77); *Der Dukatenhof* (Bibliothek der Unterhaltung und des Wissens XI–1877); *Der Kaiserbauer* (Illustrirte Chronik der Zeit VII–1878); *Das Ducatennest* (W II–1878); *Die drei Feldmarschalls* (W II–1878); *Fürst und Reitknecht* (AD–1878/79); *Der Giftheiner* (AD III–1879); *Ein Dichter* (AD III–1879); *Der Hergottsengel* (W III–1879); *Des Kindes Ruf* (W III–1879); *Der Gichtmüller* (III–1879); *Ein Fürst des Schwindels* (DH VI–1879/80); *Der Pflaumendieb* (AD IV–1880); *Im Sonnenthau* (Trewendt's Volks-Kalender auf das Schaltjahr 1880); *Robert Surcouf* (DH VIII–1881/82); *Fürst und Leiermann* (Großer Volks-Kalender des Lahrer Hinkenden Boten für das Jahr 1882); *Ein Fürst-Marschall als Bäcker* (Deutsche Gewerbeschau IV–1882); *Ein Oelbrand* (Das Neue Universum IV–1883); *Christ ist erstanden!* (Benziger's Marienkalender 1894); *Mutterliebe I* (Einsiedler Marienkalender 1898); *Der Brand des Ölthals* (K. M.: Der Karawanenwürger und andere Erzählungen, 1894); *Die Rose von Kaïwan* (EA 1894); *Freuden und Leiden eines Vielgelesenen* (DH XXIII–1896); *Sonnenscheinchen* (ED 1903); *Das Geldmännle* (ED 1903); *Schamah* (Epheuranken XVIII–1908); *Abdahn Effendi* (Grazer Volksblatt 23. 3.–23. 4. 1908); *Merhameh* (Eichsfelder Marienkalender XXIV–1910).

• Lyrik: *Himmelsgedanken* (EA 1900).

• Sachprosa/Autobiographische Schriften: *Ein wohlgemeintes Wort* (Neuer deutscher Reichsbote 1883); *An den Dresdner Anzeiger* (Flugblatt, 5. 11. 1904); *»Karl May als Erzieher« und »Die Wahrheit über Karl May« oder »Die Gegner Karl Mays in ihrem eigenen Lichte«* (EA 1902); *Mein Leben und Streben* (EA 1910).

Verwendete Abkürzungen:
AD = All-Deutschland; DH = Deutscher Hausschatz; EA = Erstausgabe; ED = Karl May: Erzgebirgische Dorfgeschichten, 1903; GK = Der Gute Kamerad; W = Weltspiegel.